KEITAI
SHOUSETSU
BUNKO
野いちご SINCE 2009

優しい嘘で、キミにサヨナラ。

天瀬ふゆ

スターツ出版株式会社

カバーイラスト／よしのずな

想いは通じあっていると思っていたのに
　ずっとそばにいたいと思っていたのに

突然(とつぜん)、キミがわからなくなった。

「最、低……っ。大っ嫌(きら)い」

　遠くなるキミに何度も涙(なみだ)を流して
　こんなにつらい思いをするくらいなら、

「おまえの気持ちなんかどうでもいい。
　勝手に嫌っとけば？」

　キミへの本当の気持ちを嘘(うそ)で隠(かく)して
　傷つけ傷つき、苦しめあうくらいなら、

「もう、いいよ」

　すべての嘘にも、ふたりの関係にも

「……好きだった。こんなにも」

　不器用なキスで、サヨナラしよう。

contents。

◇Prologue 「最低なのは、」 7

◇First Tears 「好きなのに、」
一度も伝えられていないのに。 18
傷つけたのはキミなのに。 33
いっそ嫌いになれたら楽なのに。 53
素直(すなお)になりたかったのに。 64

◇Second Tears 「好きじゃない、」
きっと優しい過去(やさ)じゃない。 78
歯車(じか)は思いがけず止まらない。 92
ただ感情仕掛(じか)けのキスじゃない。 103

◇Third Tears 「好きだから、」
もう戻(もど)れるはずなんてないから。 132
だれもが苦しむ連鎖(れんさ)だったから。 153
引きさかれる運命だったから。 186
つぎはいだ愛しか知らないから。 212

◇Last Tears 「好きだったよ、」
べつに嫌いじゃなかったよ。　　　234
本当に大切な存在だったよ。　　　255
それでもずっと好きだったよ。　　290

◇Epilogue 「不器用な、」　　　　335

あとがき　　　　　　　　　　　　344

Prologue
「最低なのは、」

最低なのは、
　——……だったね。

　　　　　　　　◇

　……待ってよ。
　そんな言葉より先に、あたしの手は彼の手をつかんでいた。
　階段を下りようとしていた彼が、ゆっくりと振り返って、引きとめたあたしを見すえる。
　その向こうに見えるのは、階段の踊り場で待っている女の子。
　ふわふわとゆるやかにカールした長い髪。
　薄くメイクのほどこされた甘い顔立ち。
　こちらをじっと見上げている、長いまつ毛にふちどられた大きな瞳。
　あたしとは正反対で柔らかい雰囲気の……とってもかわいらしい、女の子。
「……なんだよ」
　低い声にあたしは目を見開いて、目の前にいる彼を見つめた。
　彼の口から放たれたのは、なんの感情も込められていないような無機質な声だった。
　なんで……どう、して？
　どうしてあたしに向かって、そんな声を出すの？

どうして……あたしじゃなくてその子と、映画なんかに行くの？
　どう考えてもおかしいじゃん。
　お昼までは、たしかにいつもどおりだったはずなのに。
　あたし……なんかしたっけ？
　そんなふうに脳内では疑問が散り乱れているけれど、素直に口にすることなんてできない。
　悔しいし、なんか負けたみたいで。
　気持ちをぶつけるなんて、ありえない。
「おまえ部活あんだろ。はやく行けよ」
　突きはなすように言って、彼はあたしの手をあっけなく振りほどいた。
　そのまま女の子のもとへ向かい、ふたりで階段を下りていく。
「ねえ桐谷くん。柏木さん、よかったの？」
「さあ、知らね。いんじゃねーの？」
　ふたりの会話が下から聞こえてきて、あたしはぎゅうっと爪が食いこむくらい手をにぎりしめた。
　は……？
　ぜんぜん、よくないんだけど。
　ふつふつと、屈辱みたいな感情がこみあげてくる。
　ほんっとに、意味、わかんない。
　なに、考えてんの……？
　彼女のあたしがいるのに、ほかの女の子と遊びに行くなんて……いままでそんなこと、一度もしなかったじゃん。

なのにいきなり、なんで……どうして。
「あれー？　悠里くん行っちゃったのー？」
　ふと後ろから甘い声がかかって、はっとした。
　振り返れば、あたしより少し背の低い女の子と、背の高い男の子が立っていて。
　男の子は「はい」と女の子に荷物を渡し、あたしのとなりを通って階段を下りていく。
「荷物持ちありがとー。じゃね」
　女の子が軽い感じで別れを告げると、男の子は振り返って「おう。またな、友永」とニコッと笑った。
　またちがう男の子だ……。
　今度はとなりのクラスのイケメンだし。
　そんな感想を抱きながら男の子を見送り、あたしはまた女の子のほうへ視線を戻した。
「朱音……」
　そう名前を呼ぶと、朱音はひとり立ちつくしているあたしを見て首をかたむけた。
　さらっ、と毛先だけパーマのかかった明るい茶髪が胸もとで揺れる。
　だれより自分磨きに注力している彼女は、同性のあたしから見ても文句なしにかわいい。
　男癖が悪いのが、玉にきずだけれど。
「そのようすじゃ、やっぱ悠里くんのこと引きとめらんなかったんだ？」
「……引きとめたし。あっちが逃げてっただけ」

女の子といっしょに階段を下りていった彼氏を思い出したあたしは、イライラした声で返した。
　そんなあたしを見て、朱音はむうととがらせた唇に指をあてる。
「莉子のことだから、どうせなにも言えなかったんでしょ？　手ぇつかむだけじゃ引きとめたなんて言わなーい」
　まるで見ていたかのように的確に言いあてられて、あたしは口をつぐんだ。
　すると、ため息交じりに「も～」とあたしを非難する朱音。
「せっかくあたしが背中押してあげたのにぃ。莉子ってほーんと意地っぱりだね」
　……わかってるよ、そんなこと。
　言われなくたって、あたしが一番わかってる。
　朱音みたいに上手な甘え方も、素直に気持ちを伝えるすべも、あたしは心得てない。
　かわいくない彼女だっていう、自覚はあるけれど。
　それでも……幼なじみの悠里は、そんなかわいくないあたしのことを、ちゃんとわかってくれているはずなのに。
　わかったうえで、悠里はあの日、あたしを彼女にしてくれたはずなのに。
「悠里くんたち、どこ行くって？」
「……映画。お昼休みに、話してた」
「ふうん。映画かあ」
　朱音はあいづちをうちながら、自分の肩にかけていたか

ばんと矢筒をあたしに手渡してきた。
　放課後になって教室を出ていった悠里たちを、あたしは朱音に背中を押されてすぐに追いかけたから。
　わざわざあたしの荷物、持ってきてくれたんだ。
　まあ朱音のことだから、ふたりぶん持つのは重くて、さっきのイケメンに手伝ってもらったんだろう。
「ありがと。彼氏でもない男に持たせるのはどうかと思うけど」
「安心してよー。あの人に持たせたのあたしの荷物だけだしぃ。莉子のはちゃんとあたしが持ったよー？」
　間延びした声で言って、ころころと笑う朱音は、男を手玉に取るのが本当にうまい。
　あたしは自分の荷物を受け取ったあと、ゆっくりと視線を床に落とした。
「朱音」
「んー？」
「……浮気、だと、思う？」
　ばかみたいに神妙な声になって、自分がすごく情けなくなった。
　まさかこんなふうに彼氏を疑う日が来るなんて、思わなくて。
　あたしも悠里も浮気なんてするようなタイプじゃないから、ずっとこんなことには無縁だと思っていたのに。
　なのに……なんで。
「んん〜。悠里くんはそんな不真面目な男の子じゃないと

Prologue 「最低なのは、」

思うけどなあ」
 あたしみたいにね、とつづけた朱音に、あきれてしまう。
 でも朱音の返答は、悠里の性分を考えると当然の結論だ。
 あたしだってそう思ってる。
 だって悠里はいままでほかの女の子に対して、ちっとも興味を示してこなかったんだから。
 あたしと付き合う前から、だれからの告白もあっさりことわってきたようなやつだ。
 どんなにかわいい子でも、きれいな子でも、性格のいい子でも。
 それはあたしのことを、ずっと想ってくれていたからだって……悠里自身が言っていたのに。
 なのに、いまの状況は、なんなの？
 どんどん暗く重くなっていく思考は、まるで底なし沼みたい。
「……弓道場、行こ。部活遅れちゃう」
 考えていても無駄だと、自分に言いきかせるように首を振って、あたしは階段へと足を進めた。
「そだねー。悠里くんには夜にでも電話してみたら？」
「は？　するわけないじゃん」
「だよねえ」
 眉根をひそめるあたしに、となりに並んだ朱音は答えを見透かしていたように淡泊にうなずいた。
 なんであたしから悠里に電話しなくちゃいけないわけ？
 彼女の手を振りはらって、ほかの女の子と遊びに行った

彼氏なんかに。
　取り乱していた心は、ぬるま湯が温度を下げていくように、スッと冷たくなっていって。
　残ったのは悠里にたいするイラだちと不信感だけ。
　ほんっとなんなのあいつ。
　意味わかんないし、ムカつく。
　あたしへのあてつけ？
　あたし、なんかしたっけ？
　考えてもまるで身に覚えがないし、悠里の態度が変わったのは本当に突然のことだった。
　それまではぜんぜん、いつもと同じだったはず。
　なのに、朱音といつものように屋上でお昼ごはんを食べたあと、教室に戻ってきたら、なぜか悠里が女の子と遊びに行く話をしていた。
　耳を疑ったけど、その場で悠里を問いつめることなんかできるわけなくて。
　それでも勇気を出して追いかけてみれば、なぜかいきなり冷たくなってて。
　なに考えてんのか、さっぱりわかんない。
　……もう、いい。
　勝手にほかの女の子と楽しくやってればいいじゃん。
　もうどうだっていい、あいつのことなんか。
「あやまってきたら、ちゃんとゆるしてあげなよー？」
「どうだか。あやまってくると思えないし」
　そういえば、ケンカしたら先に折れるのはいつも悠里の

ほうだったっけ。
　あたしが悪くても、最後には「俺も悪かった」ってあきれたように笑って、仲直りのきっかけをつくってくれてた。
　でも、今回はあやまってきたって、ぜったいに簡単にゆるしてなんかやんない。
　あたしはなにもしてないんだから、全面的に悪いのは悠里のほうだ。
　電話がかかってきても、メッセが送られてきても、家に押しかけてきても。
　ぜったい、ぜんぶ無視してやる。
　そう強く心に決めたけれど、その日の夜になって、ベッドの中でスマホをながめていても、悠里からは一件の連絡もこなかった。
　もちろん、家に押しかけてくることだってなかった。
　……向かいの家なのに。
　歩いて1分もかからないくらい、近い距離にあるのに。
　それはまるで、ずっとつながっていた糸が、突然、ぷつりと途切れてしまったかのように。
　そして途切れた糸は、二度とつながりあうことはないと、そう言うかのように。
　その日をさかいに悠里は、どうしてか人が変わったように、浮気をくり返すようになった。

First Tears
「好きなのに、」

◊

一度も伝えられていないのに。

　ぽろぽろ、ぽろぽろ。
　せきを切ったように涙があふれ出して、いく度も頬を伝っていく。
　ぼやけた視界に映る悠里は、泣きだしたあたしを見て、あきれたようにほほ笑んだ。
『泣くなよ』
　ぶっきらぼうだけど優しくて心地いい声が、耳に触れる。
　泣かせたのは、あんたのくせに。
　強がりという壁をぶち壊して、あたしの素直な気持ちをあふれさせたのは、悠里のくせに。
『あいつを想って、泣くくらいなら』
　いままでずっと、あたしたちは幼なじみだったのに。
　いままでずっと、あたしは悠里を恋愛対象外として見ていたのに。
　そんなあたしの気持ちを知ってか知らずか、
『……俺にしろよ、莉子』
　あの日の悠里は少し切なげに笑って、そうささやいた。
　悠里があたしのことを想ってくれていたなんて、思わなくて。
　おどろいて目を見開くあたしに向かって、悠里はそっと手をのばしてきて。
　壊れものを扱うかのように、ゆっくりとあたしの目もと

に触れた長い指が、涙をぬぐった。
『俺がこれからもずっと、そばにいてやるから』
　その言葉にうなずいたあたしは、ただなぐさめがほしいだけだったのかもしれない。
　でもきっと、悠里だったから。
　ほかでもない悠里だったからなんだよ。
　この崩(くず)れ落ちそうな心を支えてくれる人がいるとすれば、それはあたしにとっては悠里以外にありえないと思った。
　だからあたしはあの日、抱きしめられるがまま悠里の気持ちを受けいれて、悠里に甘えた。
　忘れられない相手がいるまま付き合ったりして、どんなに悠里のことを傷つけてしまっただろう。
　だけど悠里はこんなあたしにも愛想(あいそ)をつかすことなく、ずっとそばにいてくれたんだ。
　いままでどおり、だけど幼なじみとしてではなく……恋(こい)人(びと)として。
　そして気づけば、あたしはそんな悠里のことを本当に好きになっていて。
　順番はちがっても、過去の傷はゆっくりと癒(い)えて、まっすぐに悠里のことだけを想えるようになった。
　たくさん待たせて、ごめんね。
　ずっとそばにいてくれてありがとう。
　そんな気持ちを伝えるために、付き合って１年の記念日に『これからもずっとそばにいてよ』って勇気を出して

言ってみたら。
　悠里は、いままでで一番優しい表情で、笑ってくれたんだ。

　長いあいだ、あたしのことをあきらめずに想ってくれていた幼なじみ。
『俺がこれからもずっと、そばにいてやるから』
　中学3年生の秋、傷ついたあたしを抱きしめて、はじめてそんなふうに約束してくれたキミに。
　これからは傷つけることなく、同じ"好き"を返していこうと。
　だれより近くで、キミのことを想いつづけていたいと。
　あたしははじめて、いままで当然のようにそばにいた幼なじみとの永遠を、恋人として願った。

　28メートル先に据えられた的を、まっすぐ射抜くように見つめる。
　矢を弦につがえた弓構えの位置から、両拳を同じ高さに持ちあげた。
　──打ち起こし。
　ゆっくりとした動作で両拳を左右に開きながら、額くらいの高さまで下ろしていく。
　──引き分け。

いったん動きを止め、ひと呼吸おいて、ふたたび矢を口割れまで引き分ける。
「……──」
ぎりぎりまで矢を引きしぼり、弦がしなる音に神経を集中させて。
──会。
じゅうぶんに保ったのち、離れでスッと静かに放った矢は軌道にのって勢いよく的中し、タンッ──と、余韻の残る心地いい音が耳をかすめた。
「よしっ！」
ふいに背後からかけ声が飛んできて、あたしは残身の状態でびくっと肩を跳ねさせた。
弓を下ろして振り返ってみれば、黒髪の男の人が道場の入り口に立っていた。
にこにこと人当たりのいい笑顔を浮かべ、拍手を送ってくれている彼は、元弓道部部長。
「広哉く……広哉先輩」
現部長のあたしが彼を部長と呼ぶわけにもいかず、うっかり昔の呼び名を口にしそうになって、あわてて言いなおした。
そんなあたしに、広哉先輩はちょっとだけ苦笑する。
「お久しぶりです、広哉先輩」
「うん、久しぶり。べつに先輩なんかつけなくていいのに」
「そんなわけにいきませんよ。それにしても、どうしてここに？」

秋がいっきに深まる、10月上旬。
　３年生である広哉先輩は、とっくに弓道部を引退している。
「いやー。めずらしくはやい時間に登校したら、１年でもないのに朝練してる姿が窓から見えたからさ」
「無性に引きたくなっちゃって……」
「そっかそっか。でもさっきの射は少し早気だったかな。放った矢が殺気立ってたけど、悠里となんかあった？」
　弓道というスポーツは、精神状態が射に如実に影響してしまう。
　目ざとく感づいた広哉先輩が、小首をかしげてたずねてきた。
　あたしはそれになにも返せず、ただ弓を持つ左手に少し力を込めた。
　矢が勝手に邪気をはらむのは、昨日今日にはじまったことじゃない。
　悠里が女の子と映画に行ったあの日から、あたしたちの関係はがらりと変わった。
　いつもいっしょだった登下校は別々になり、電話やメッセージのやり取りはおろか、学校であたしから話しかけることも、悠里から話しかけてくることもなくなった。
　そんなふうになんの前触れもなくあたしとあいつの距離が開いてから、もうすぐ……１ヵ月になる。
「まあ、嫌いなやつだと思って狙うと的中するってよく言うよね」

「べ、べつにっ、嫌いになったわけじゃ……」

 思わず否定しようとしたら、広哉先輩が口もとに手をやって、「へ〜？」とわざとらしくにやにやと笑った。

 それを見てはっとしたあたしは、急激に顔が熱くなるのを感じた。

「な、なんですか!?　ヘンな顔しないでください！　気持ち悪い！」

「ひどいなあ」

 青春してるねー、なんておじさんみたいなことを言って、広哉先輩は腕時計に視線を落とした。

 あたしもつられるように、道場の壁に設置されている時計を見上げて、現在時刻を確認する。

 着替えなくちゃいけないし、そろそろ終わる頃合いかな。

「付き合って２年で、倦怠期なのか知らないけどさ。ちゃんと仲よくしなよ？」

 広哉先輩はあたしのささくれだった心をいたわるようにそうほほ笑んで、「じゃあね」と手を振り道場を出ていった。

 残されたあたしは、立ちつくしたまま、広哉先輩の言葉を脳内で反すうする。

 倦怠期……か。

 昔からずっといっしょだったあたしたちに、いまさら倦怠期なんて時期が存在するのかわからないけれど。

 倦怠期だから、飽きたから、悠里はあたしを見なくなったの……？

「……あたしらしくもない」

久しぶりに広哉先輩のあたたかい笑顔を見たからか、心が弱音を吐きたがってる。
　広哉先輩は、あたしにとっても、悠里にとっても、お兄ちゃんみたいな存在だから。
　矢取りに行ったあと朝練を切りあげ、女子更衣室で袴から制服に着替えた。
　更衣室の中にある小さな洗面台の鏡の前で、ポニーテールにしていた髪を下ろし、くしでていねいにとかしていく。
　そのあと、右耳の上に華奢なヘアピンをさしこんだ。
　ピンクゴールドの、繊細な蝶をモチーフにしたデザイン。
　高校に入って以来ずっと身につけているそれは、あたしの唯一の女の子らしいところと言えるだろう。
　小1の誕生日にプレゼントされたその日から毎日つけていたけれど、いま思えば、このデザインは小学生にしては大人っぽすぎたかなあ。
　とっても大切な宝ものだから、つけなくなった時期も、ずっと大事にしまっていた。
　悠里は……気づいてる、の、かな。
　繊細な蝶をひとなでして、鏡に映った自分に「よし」とうなずいてみせた。
　荷物をまとめ、女子更衣室を施錠して、体育館に隣接した弓道場にも鍵をかける。
　生徒玄関に向かうと、靴箱の前に悠里と浜辺さんの姿が見えた。
　浜辺さんはあの日、悠里と映画に行った、ふわふわの髪

の女の子だ。
　……また、いっしょに登校してきたんだ。
「でねっ、駅前にできたカフェのキャラメルラテがすっごくおいしいの。今度いっしょに行こうよ！」
「いいけど、俺あんま甘いの好きじゃねえんだよな」
「えー、大丈夫だよ！　映画に行ったときキャラメルポップコーン食べられたでしょ？」
「おまえが食わせてきたからじゃん。正直ひと口でギブだったんですけど」
　悠里の言葉に「ええ〜っ」とかわいらしく笑う浜辺さん。
　ふたりは靴を履きかえると、会話をつづけながら階段を上っていった。
　あたしの存在に気づくことなく。
　っ、なによ……。
　彼女じゃない子とデートの約束とか、ムカつく。
　1ヵ月経ったいまでも、ムカつくものはいちいちムカつく。
　ほんっと、ムカつく。
　もちろん、彼女でもないのに我がもの顔で悠里のとなりを独占する浜辺さんも、気に食わないけれど。
　一番腹がたつのはやっぱり、堂々と浮気をしている悠里だ。
　むかむかしながら、弓道場の鍵を職員室に返し、自分のクラスである2組の教室へ向かった。
　窓際の席で女の子にかこまれている彼氏の姿も、もう見

慣れた光景といっていい。
　こんな光景、見慣れたくないけど。
　浜辺さんは案の定、悠里のとなりをキープしてにこにことと笑っている。
　思わず、教室の入り口でため息をつきそうになったとき。
「おはよう、柏木さん」
　後ろから声がかかって振り返れば、かばんを肩にかけたクラスメイトの男の子が立っていた。
「あ……うん。おはよう」
　あいさつを返せば、にこっと気さくにほほ笑んでくれる。
　この男の子はあたしたちと同じ中学で、悠里の友達のひとりだ。
　クラスの中でも、悠里とは仲がいいほうの男の子。
「……相変わらず、だね。悠里」
　あたしが立ちどまっていた理由に感づいたのかもしれない。
　教室の中へ目を向けた彼は笑みを消し、顔を少しゆがめてそう声を落とした。
　その視線はもちろん、窓際の席にいるあたしの彼氏に投げられている。
　細まった瞳にはどちらかというと、嫌悪ではなく心配そうな色がにじんでいるけれど。
「俺、何度も注意してんのに……。ほんとに、悠里はなにがしたいんだろうな」
「いいよ、もう。心配してくれてありがとう」

ちょっとだけ笑ってみせたら、彼は悠里に向けていた瞳をあたしへと移した。
　心配げなその瞳に、同情の色が加わるのがわかる。
　その表情が、すでに傷だらけのあたしの彼女としてのプライドを、さらにずたずたにする。
　本当はいいなんて、少しも思ってない。
　悠里の彼女はほかでもないあたしなのに、そんなこと思うわけないじゃん。
　あたしはそんなに、寛大でもお人よしでもない。
　笑顔も言葉も単なる強がりだって、きっと気づかれているんだろうけれど。
「でも、柏木さん……。あんなの見てて、つらくないわけないだろ……？」
　そうやって気遣う優しさが、こんなにもあたしをみじめにするんだ。
　そんなこと、きっとわかっていない。
　わからなくて、いい。
　その優しさに傷ついているなんて知られたら、もっと、かわいそうだと思われる。
「んー、もう勝手にしろって感じ。なにがしたいのかわかんないっていうのは、すっごい同感だけどね」
　あたしは仮面の笑顔を返したあと、逃げるように自分の席へと向かった。
　これ以上、同情の視線や言葉をもらいたくなかったから。
　みじめだなんてわかってる。

かわいそうだなんてわかってる。

　自分が一番、わかってるんだ。

　だけど悠里になにも言わずにいるのは、悠里に別れを告げないのは、弱い感情にとらわれた自分に、負けた気になるのがいやだから。

　悠里に"別れよう"なんて言っちゃったら、自分が傷ついていることを悠里に伝えてるみたいで、悔しいから。

　……なんて、それすらも、言い訳でしかないのかもしれないけれど。

　本当の気持ちは心の奥底に閉じこめて、嘘偽りの感情で隠して、あたしは今日も現状維持をつづけるんだ。

　あと、1週間。

　ほんの少しだけ、希望を持ったまま。

　お昼休み。

　いつものようにお弁当を持って、朱音と屋上へ向かった。

　ガチャ、と重いドアを開けたとたん、冷気をふくんだ風が肌をなでてくる。

　コンビニの袋を持った朱音は、「うう……」と寒そうに肩をすぼめ、淡いベージュのセーターの袖を指先まで引っぱった。

　朱音のあざといしぐさは、いちいち周囲の男心をくすぐる。

　男の前だろうが女の前だろうが、それを無自覚におこなってしまうのが朱音だ。

むろん、男と適当な付き合いをくり返す朱音を、目のかたきにしている女の子は多いけれど。
　あたしは中学からの付き合いだし、無神経なところはあれど悪い子じゃないってことはわかってるから、とくになんとも思わない。
「そろそろ昼間も寒くなってきたねぇ。明日から教室で食べない？」
「んー……いいけど」
　指先をこすりあわせる朱音の言葉に、なびく髪を抑えながら答えた。
　日が出てるだけましだけど、たしかにちょっと寒い。
　でも、お昼休みは悠里も教室で過ごしているし、なんとなく気が重くなる。
　だってきっとお休みも、悠里のとなりには……あの子がいる。
　頭の中をちらつくのは、ふたりで仲よさげに話す光景。
　あたしは吐き出したくなるため息をのみこみ、フェンスぎわの段差にゆっくりと腰を下ろした。
「あー。そういえばぁ、また悠里くん、浜辺さんと遊びに行く約束してたよー？」
　ふいに、となりから間延びした声で振られた、耳が痛い話題。
　お弁当の包みをほどく手が、ぴたりと止まる。
「知ってるよ」
　今朝、靴箱で楽しげに話していたふたりを思い出して、

あたしは視線を落としたまま短く返した。
　つとめて無感情な声だったそれに、朱音はパンの袋を開けながら不満そうに頬をふくらませる。
「ねえねえ、もういいじゃん。悠里くんと別れなよぉ」
　悠里があたしのことを見なくなって、1週間たったくらいから。
　朱音は毎日のように、悠里と別れることを催促してくるようになった。
　ちゃんとあたしのことを思っての助言だってことは……わかってるんだけど。
「……そうだね」
　朱音の言うとおり、別れたほうがいいに決まってる。
　あたしたちのいまの関係は、だれから見ても彼氏彼女じゃない。
　当事者のあたしから見ても、こんなの、恋人だなんて言えるわけがない。
　だけど。
　……それでも。
「でも、別れ話することすら面倒だし」
「メッセで一方的に別れ告げちゃえばいいんだよ」
「いいよ面倒くさい。ほっとけばそのうちあっちから"別れよう"って言ってくるよ」
　投げやりなその言葉に傷ついたのは、ほかでもない自分自身だった。
　平気な顔してるくせに、そのせりふを告げられる日にお

びえてる。
　本当、あたしってばかみたい。
　こんな不毛な関係、さっさと切ってしまえたら、楽になれるのかな。
　でもきっと想いまでは断ち切れないから、けっきょくは傷つくことになるんだろう。
　悠里の気持ちが見えなくて、あたしのことを見なくなった理由がわからなくて、苦しいのはきっと、あたしだけで。
　なんで、こんなに。
　……ばかみたいに、好き、なんだろう。
　いままで一度だって、悠里に"好き"と伝えられていないくせに。
　なのにきっとあたしのほうが、悠里の何倍も、悠里のことを想ってたんだ。
　いまさらそれに気づいたって、もう、遅いのかな。
　あいつに伝えることは、ゆるされないのかな。
　……なんて、本当いまさら。
　伝えるための勇気すらも、もちあわせていないくせに。
　けっきょくあたしはどんなに傷ついたって、悠里を嫌いになれないのかもしれない。
　だって幼い頃から積みかさねてきた悠里との時間が、日々が、いつだってこの現状から目をそむける、言い訳になってるんだ。
　どうして、あたしを見なくなったの？
　どうして、ほかの子と仲よくするの？

もうあたしのことなんて、好きじゃない？
　飽きたの？　嫌いになったの？
　２年前のあの約束は……なんだったの……？
　そんないくつもの疑問は、相手にぶつけられることもなく、ただ脳内で散乱するだけ。
　弱虫で臆病で、それでも強がって、素直になんてなれなくて。
　悠里とは１ヵ月前のあの日から、たったの一度も言葉を交わしていない。
　何度か目は合っても、すぐにあっちからそらされるんだ。
　そのたびイライラして、それと同時に、心臓をぎりぎりと締めあげられる痛みを感じて。
　悠里は……なにがしたいの？
　そう面と向かって問いつめるには、１ヵ月という時間が、あたしたちの距離を広げすぎている気がした。
　まるでいままで共有してきた時間なんて、無意味だというかのように。
　それなら、いまその時間に必死にすがってるあたしは、いったいなんなんだろう。
　つらい現状をきれいな思い出たちで覆い隠して、不安を塗りつぶすように強がりの言葉を並べて、いまもなお悠里のことを信じようとするあたしは、いったいなに？
　ねえ、教えてよ。
　……答えてよ、悠里。

傷つけたのはキミなのに。

　その日の放課後。
　あたりさわりのないショートホームルームを終え、号令がかかったあと、クラスメイトたちはおのおのかばんを持って教室を出ていく。
　浜辺さんは席の離れた悠里のもとへ駆けより、「靴箱で待ってるね？」と笑いかけた。
　まるで見せつけてるみたい。
　柔らかな笑顔を浮かべる彼女を見て、イラッと不快感がわきおこる。
　いやな女。
　……なのは、あたしのほう、だ。
　ふたりから視線をそらしたとき、朱音が前のほうの席からこちらを振り返った。
「莉子、掃除だっけー？　先行っとくねぇ」
「あ、うん。ある程度あつまったら練習はじめといて」
「りょーかーい」
　朱音はあたしの指示にゆるい声で返事して、教室を出ていった。
　今週は教室の掃除があたっている。
　名簿の順によってメンバーが決まるから、名字が同じカ行の悠里もいっしょだ。
　とてつもなく気が重い。

なのにもしかしたら話せるかもしれないなんて、わずかな期待を抱く自分にいやけがさす。
　本当、ばかみたい。
　重なったお互いの視線は、いつだって１秒にも満たずにそれてしまうのに。
　いつだってあっちから、そらされるのに。
　机にかばんを置いたまま、教室の隅に設置された掃除用具入れへと向かった。
　スチール製の縦長なロッカードアを開き、中からブラシほうきを取り出す。
　そのとき、同じ掃除メンバーの女の子がそばに立ったことに気づいた。
「はい。久保田さん」
　振り返ったあたしは、その女の子にブラシほうきをさし出した。
　黒髪おさげの久保田さんはあたしの行動におどろいて、めがね越しの目をまるくする。
「あ……ありが、とう」
「うん、どういたしまして。ちゃっちゃと終わらせよっか」
　言いながら自分のぶんのブラシほうきも取り出し、掃除用具入れのドアを閉める。
　ブラシほうきを両手で持った久保田さんは、声を出さずにこくっとうなずいた。
　久保田さんはいつも教室の隅で過ごしている、あまり目立たない女の子だ。

クラスに特定の友達はいないみたいだし、休み時間はたいてい読書している。
　だけどすごくきれいな顔立ちをしているから、いまも少し見とれてしまった。
　透きとおるような白い肌、大きな瞳。
　両耳の下で結ばれた、ストレートのさらさらな髪。
　女子のかがみとも言えるほど身なりを気遣っているあの朱音も、久保田さんはきれいなのに垢抜けない格好がもったいない、と惜しがっていたくらいだ。
　あまり話さないし、いつもうつむきがちだから、彼女の端麗さに気づいているクラスメイトはきっと少ない。
　せめてコンタクトにするだけでも、印象はがらりと変わりそうなのに。
「だり～。はやく終わらせようぜ」
「つーか掃除とかしなくてよくねえ？　どうせ言うほどよごれてねーじゃん」
　悠里をふくめた掃除のメンバーの男子たちは、用具こそ持ってはいるものの、窓際にあつまってやる気なさげだ。
　担任の先生は職員室に戻ってしまったし、あたしもべつにとがめる気はない。
　そんな中、久保田さんはだれより真剣に、せっせと床を掃いていた。
「……すげーがんばってね？　ウケんだけど」
　懸命に手を動かす彼女を見ていた男子のひとりが、ぽそっと小さな声でつぶやいた。

それでも数人しか残っていない教室で、その言葉は全員の耳にたしかに届いたはずで。
　ぴたりと、久保田さんの手が止まった。
　けれどすぐに、なにもなかったかのように掃除を再開する久保田さん。
　……最低。
　口にするのは避けたけれど、つぶやいた男子のほうを横目でにらみつけた。
　すると少しひるんだ表情を見せる男子。
　たぶんなんの気もなしに吐いた言葉だったんだろう。
　無神経すぎ。
　心の中で悪態をついたとき、その男子のとなりの悠里とも、目が合った。
「…………」
　まるで視界に入れたくないとでも言うかのように、ふいと無表情で顔をそむけられる。
　とたんに、波みたいにあたしを襲ってくる……負の感情。
　視線がつながった瞬間にふくれた期待は、一瞬にして消えうせて。
　そんな自分が心底みじめで、ばかみたいだ。
　久保田さんとふたりで手ばやく掃除を終わらせたあと、さっさとブラシほうきを用具入れに戻した。
「お疲れ。じゃあね、久保田さん」
「あっ……ばいばい」
　久保田さんに声をかけてから、あたしはかばんを持って

すぐに教室をあとにした。

さっきそらされた視線。

あたしを見ても変化しない表情。

なにを……考えてるの。

胸に迫ってくるものを感じて、耐えるようにこぶしを強くにぎりしめる。

ムカつく。

ムカつく、ムカつく。

悠里なんか……もう、もう、いますぐ嫌いになってしまいたい。

喉もとに生じた痛みは知らないふりで、駆けるように階段を下りていく。

はやく弓道場に行って、弓を引きたい。

なにかに集中していないと、ぜったいにあいつのことを考えてしまうから。

「もうみんな、練習はじめてるかな……」

ぽつりと小さな声をこぼし、靴箱へ向かおうとしたところで、つっかえるように足が止まった。

心臓がぎゅっと締めつけられて、顔がわずかにこわばる。

あたしの視線の先には、ひとり靴箱にもたれかかって、コンパクトサイズの鏡をながめる人影があった。

瞳のすぐ上で切りそろえられた前髪を触り、身だしなみを整えている、ふわふわの髪の女の子。

彼女の待ち人は、あたしの彼氏しかいない。

浜辺さんはあたしに気づくこともなく、かかげていた鏡

をぱちんと閉じた。
　そしてそれを口もとにもっていき、小さくほほ笑む。
　それはどこからどう見たって、彼氏が自分のもとへやってくるのを心待ちにしている、彼女の表情だった。
　胸に刺さるような痛みが走って、あたしはまた強く手をにぎりしめる。
　……おかしい、よ。
　おかしいじゃん。
　こんなの、ぜったい、おかしいのに。
　どうしてそんな、かわいい表情を浮かべるの？
　あたしのことが見えてないの？
　好きな男に彼女がいるのに、どうしてそんなに、幸せそうなの。
　巻きおこるどす黒い感情の波にのみこまれて、呼吸がしづらくなってくる。
　どうして、浮気相手のほうが幸せな思いをしてるの？
　どうして、彼女のはずのあたしが、つらい思いをしなくちゃいけないの？
　横恋慕してるのはそっちのはずなのに、どうして。
　どうして……？
　少しでも気をゆるめると、目のふちからじわりと涙がこみあげてきそうで。
　だけど、それ以上に。
　あたしの立場を笑顔でうばう彼女に、言いようもない真っ黒な怒りが心を支配する。

ふるえる足をふたたび動かして、あたしはゆっくりと彼女のもとへと歩みよっていった。
 近づいてくる足音に気づいたようで、浜辺さんがふと顔を上げる。
 あたしと顔を合わせても、浜辺さんは少しも取り乱したりしなかった。
 ただ自分がここにいるのが当然かのように、しゃんとたたずんでいる。
 それがよけいに──腹立たしい。
「……浜辺さん、さあ」
 明らかに悪意のこもった、低い声があたしの口から飛び出した。
 彼女をきつくにらみつけた瞳には、うっすらと涙の膜ができていたかもしれない。
 でもそんなこと、考える余裕なんてなかった。
 ただ、いきなりあたしの立場を横からうばって、幸せそうな彼女のことを……傷つけてやりたかった。
「なあに、柏木さん」
 柔らかい雰囲気の彼女は、平然とした面持ちで小首をかしげる。
「……人の彼氏に手出すって、どういうことかわかって、やってんの」
 ああ……なんだろう、なんだろうこれ。
 笑っちゃいそうなくらい、心臓のえぐられるシチュエーションだ。

だってなんか、これ。
　あたしが悪いこと、してるみたい。
「最低だよ、あんた」
　浜辺さんは桜色の唇をきゅっと結んで、黙ったままあたしを見上げている。
　ねえ……なんか、言ってよ。
　このままじゃ、あたしのほうがどうしようもない最低女になっちゃうじゃん。
　ただ腹を立てたあたしが、気に食わない子にやつあたりしてるだけになっちゃうじゃん。
「なんか、言いなよ。口ついてんでしょ」
　まちがったことなんて、言ってないはず、なのに。
　あたしじゃなくて、浜辺さんが悪いはずなのに。
　なんでこんなにもみじめになるのが、浮気相手じゃなくて彼女のほうなの。
　ぜったい、おかしいじゃんか、こんなの……。
　それでも浜辺さんは、ひと言も言い返してこなかった。
　脳内が冷静じゃないから、彼女の表情からは感情を読み取ることができない。
　あたしの態度に、おびえてるの？
　あたしの言葉に、傷ついてるの？
　言い返さないなんてずるい。逃げだ。
　黙ってないで、反撃してきてよ……。
　最高潮にまで達していた腹立たしさがゆっくりと消沈して、どろっとしたあと味の悪い罪悪感が、心の底にたまる

のを感じる。
　ばっかじゃないの……あたし。
　どうして……自分が悪いなんて、思わなくちゃいけないの……？
　これ以上この場にとどまっていたら、本当に泣きだしてしまいそうで。
　たんかを切ったのはあたしのほうなのに、泣くなんてみっともないから。
　薄く息をもらしてから、あたしは浜辺さんから目をそらし、彼女の手前にある自分の靴箱に手をかけた。
　……けっきょく逃げてんじゃん、あたしだって。
　それはいまだけじゃない。
　あたしはいつも、逃げてる。
　靴箱からローファーを取り出し、床に落とす音が、静かな靴箱で少し響いた。
　なんであたし、こんなかっこ悪いことしてるんだろう。
　もう、はやくここから、立ち去ってしまおう。
　だってこれ以上、負けた気持ちになるのは悔しい。
　余裕がないのはあたしだけなんだって、もっとみじめになるのは、いやだ。
　いや、だ……。
　ローファーに足をさしこみ、つま先を床に打ちつける。
　脱いだ上履きを靴箱にしまって、ばたんっ、と少し強めにふたを閉めた、とき。
「いつまで彼女づらしてるのかなあ」

すぐそばからぽつりと聞こえた、独り言のような声。
　悠里に話しかけてるときと変わらない、甘くて柔らかい口調。
　耳を疑った。
　靴箱に手をそえたまま、体が、硬直した。
　となりへとゆっくり視線を上げると、ほほ笑んだ浜辺さんと目が合った。
　その瞳はあたしを見くだすように、皮肉げにかすかに細められている。
　なに、それ。
　それが本性……ってこと？
　浜辺さんを傷つけたと思って、少しだけ後ろめたい気持ちになったあたしがばかだった。
　罪悪感なんて、抱かなきゃよかった。
「柏木さんは、まだ悠里くんの彼女でいるつもりなの？」
　ふわふわの髪を揺らして、浜辺さんがたずねてくる。
　1ヵ月前までは"桐谷くん"って、名字呼びだったくせに。
　あたしがこんなに悠里と距離を広げたぶん、あなたはどれだけ悠里と距離を縮めたの？
「悠里くん、言ってたよ。柏木さんと別れたいって」
　防具もなにも身に着けていないむき出しの心に、容赦なく突きつけられる矢。
　さらりと告げられた残酷なせりふに、いますぐ耳をふさぎたい衝動にかられる。

悠里は……あたしと別れたいの？
　それなら、あんたから別れたいって言えばいいじゃんか。
　意味っ、わかんない……。
　怒りと悲しみと悔しさがないまぜになって、頭の中がぐちゃぐちゃだ。
　声を出すこともできないあたしに、浜辺さんはとん、と1歩近づいてきた。
「ねえ、柏木さん。なにか言ったら？　口、ついてるんでしょ？」
　勝ちほこったような瞳で言って、自分の唇を指さす浜辺さん。
　その口もとに浮かんだ笑みが、あたしにはひどく屈辱的で。
　やっぱりはやく、この場から立ち去っていればよかった。
　強がるくせに臆病なあたしは、いまこんなにも、逃げ出したい。
　押し黙ったあたしを、浜辺さんはつまらなそうにながめた。
　その瞳がふいにあたしの右耳の上へと向かうのがわかって、息がつまった。
　浜辺さんは、あたしの大切な宝ものへ、まっすぐ視線を投げている。
「似合わないのつけてるなあ、ってずーっと思ってたんだ。それ、もしかして悠里くんからもらったヘアピンだったりする？」

あたしの返事を待つことなく、すいっとのびてくる彼女の細い指先。
　おどろいて身を引いたときには遅く、あっけないほど簡単にヘアピンを抜きとられていた。
　あたしの髪から離れ、浜辺さんの手の中に収まった、ピンクゴールドの繊細な蝶。
　う、……そ。
　いやだ、いやだ、それだけは。
　それだけは、うばわないでよ……！
「やめっ、てよ！　返し……っ」
　──パシンッ。
　とっさに浜辺さんへとのばしかけた手が、いきなり後ろから現れた手によって自由を失った。
　あたしの手をつかんだ、大きな手。
　ぎくりと、胃の底が急激に冷えるような感覚を味わう。
　信じられない気持ちで振り返ると、そこにはあたしをにらみつける悠里の姿があった。
「……なにやってんだよ、莉子」
　とても久しぶりに呼ばれたあたしの名前は、あまりに冷たく鋭利な刃物のようだった。
　どくどくと心臓の鼓動がいやに加速して、足がすくむ。
　つかまれている手から、血の気がひいていくような気分。
　もしかしたら話せるかもしれない、と期待していたことはたしかだ。
　でも、こんなふうに声をかけられたかったわけじゃない。

１秒間すらちゃんと目を合わせてもらえないことが、いやだった。
　でも、こんなふうににらまれたかったわけじゃない。
　こんなふうに、あたしのことを見てほしかったわけじゃないのに。
　なのに、なんで……なんでよりによって、こんなタイミングで。
　悠里はなにも言うことのできないあたしから視線をそらし、浜辺さんを見た。
「浜辺。大丈夫か？」
　悠里の口から放たれたのは、名前ではなく名字だった。
　そんなささいなことに安堵するより、浜辺さんへ向けられた気遣いみたいに優しげな声に、心が悲鳴をあげた。
　なん、なの、これ。
　意味がわかんない。
　ぜったいおかしいのに、なんで。
　本当に……もう笑っちゃいたいくらい、涙が出そう。
　少女漫画じゃお約束。
　ヒーローはいつもヒロインのピンチに駆けつけて、助けてくれる。
　……冗談じゃない。
　だったらいまのあたしは、ヒロインの恋路を邪魔する悪役じゃん。
　たいした役目も与えられてない、ただの脇役。
　主役のふたりがハッピーエンドを迎えるのを、影から見

送る役？
　それなら、あたしの結末は、どうなるの？
「悠里くん、ありがとう……。あたしは、大丈夫だよ」
　少し頬をそめた浜辺さんが、うれしそうに悠里にほほ笑んだ。
　やめてよ、そんな顔しないでよ。
　恋する女の子の顔なんて、どうしたってかわいいじゃん。
　あたしの彼氏に、そんな顔を向けないでよ。
　悠里は「そうか」と安堵したように声を落とし、あたしの手を離した。
　重力にしたがい、力なく垂れさがるあたしの手。
　視界がゆっくりと色味をなくしていって、むなしさがあたしを支配する。
　そんなあたしを、悠里はなおもするどい瞳で射抜いた。
「おまえさ……。さっきのでイラついてんのはわかるけど、浜辺にやつあたりすんなよ」
　あきれと怒気をにじませた声で、あたしをとがめる言葉を吐く悠里。
　わかって、ないじゃん。
　悠里はあたしのことなんて、なんにもわかってないじゃん。
　そもそも、自分がしてることすらわかってないんじゃないの？
　あたしが浜辺さんを傷つけたくなったのは、久保田さんを傷つけた男子のせいじゃない。

浜辺さんのせいでもない。
　……ぜんぶ、あんたのせいだよ。
「浜辺はなにも悪くねーだろ。むしゃくしゃしてるからって、関係ないやつ傷つけようとすんな」
　ばっかじゃ……ないの？
　関係、あるじゃん。
　その子はあたしの彼氏と浮気してるんだから、関係あるよ。
　むしゃくしゃしてるのも、原因は悠里なのに、なんでわかんないの？
　本当に、なんで、なんだろう。
　なんであたしが、こんなみじめな役にならなきゃいけないわけ……？
『傷つけようとすんな』
　そんなこと言って、じゃあ、あんたはどうなの？
　あんたはだれも傷つけてないって言えるの？
　あたしのことを、傷つけてないって、平然と否定することができるの？
　あたしが浜辺さんを傷つける以前に。
　……あたしを傷つけたのは、悠里なのに。
「……っ」
　あたしいま、どんな顔してるんだろう。
　でもきっと、傷ついた表情だけは見せていない。
　どうしても素直でかわいい女の子になれないあたしは、こんなときでも無意識に強がりたがるんだ。

……傷ついてるなんて思われたくない。
　……傷つけてるってこと、気づいてよ。
　相反した感情が何度も衝突して、ずたずたに切り裂かれた心がぐらぐら不安定で。
　けっきょく弱いあたしには、はじめから、逃げる以外の選択肢が存在していない。
　だからはやく……動いてよ、あたしの足。
　なにも言い返せないなら、これ以上ここにいたくない。
　根を張ったようにかたまった足を、ぐ、と無理やり動かそうとしたとき。
「あの、柏木さん……ごめんなさい。ヘアピンとって、ごめんね」
　かすかにふるえた、けれど落ちついた声の謝罪が耳に届いた。
　浜辺さんはにぎりしめていた手をおもむろに開いて、その上にのったヘアピンを、持ち主のあたしにさし出してくる。
　申し訳なさそうな表情を浮かべる浜辺さんに、あたしはあっけにとられた。
「柏木さんにとって、これはすごく大切なものなんだよね。ほんとに、ごめんなさい」
　……返して、くれるの？
　どうして？
　どうして悠里がいる前で、みずから悪役にまわるようなことを口にしたの？

てっきりヘアピンをとったことは悠里に隠すと思っていたのに。
　あたしだけを、悪役に仕立てあげる気なんだと思っていたのに。
　どうして……あたしにはなれない素直な女の子に、あなたはなれるの……？
　理解ができなくて、反応が遅くなってしまった。
　うまく動かない手をゆっくりとのばして、あたしは浜辺さんの手の上にのった蝶に触れた。
　ヘアピンを受け取ったあたしを見て、ふわっと柔らかくほほ笑む浜辺さん。
　言いようもない敗北感を覚える。
　かなわないんだ、と思った。
　ああ。
　けっきょくあたしだけが、悪者だ。
　強がってばかりでかわいくないあたしより、自分の非を認めて素直にあやまれる浜辺さんのほうが、ずっとすてきな女の子。
　でもいまはそれに傷つくより、ちゃんと宝ものがあたしのもとへ戻ってきたことに、ほっとした。
　ふと、悠里のほうへ視線を投げかけてみる。
　悠里はあたしの持つ蝶のヘアピンを、……無感情に思える瞳で見つめていた。
「それ」
　落ちてきたのは、少しもあたたかみのない声。

「いつまで持ってんの？　あほらし」
　……べつになにかを、期待していたわけじゃなかったのに。
　なのにその言葉に、どうしようもなく裏切られた気分になった。
　だって、まさか。
「はやく捨てろよ、それ」
　そんなことを言われるなんて、思ってもみなかったから。
「…………」
　……さい、ってい。
　浜辺さんよりなにより、こいつが一番最っ低……だ。
　17年間ずっと幼なじみの関係をつづけてきたけれど、目の前の男がここまでひどい人間だなんて、思いもしなかった。
　なんであたし、こんなやつのことが好きだったんだろう。
　なんであたし、こんなやつのことが……好きなんだろう。
　嫌味のひとつでも、投げつけてやればよかった。
　その無表情な顔を、思いきり殴ってやればよかった。
　でもそんなことしてしまったら、きっと目に見えない大切なものが、取り返しがつかないほどこなごなに砕け散る。
　うつむいたあたしは重い足を動かして、ようやくその場から立ち去った。
　悠里にはたったひと言すらも、言い返すことができずに。
　ばかみたいだね。
　幼い頃からケンカなんて日常茶飯事ってくらい、何度も

First Tears 「好きなのに、」

くり返してきたのに。

いままでのどんな激しいケンカともちがう。

弓道場へ進もうとした足を方向転換させ、正門のほうへと向けた。

ポケットからスマホを取り出し、朱音へのメッセを作成する。

歩きつづけていないと、気をゆるめてしまうと、膝から崩れ落ちそうだ。

視線を落としたスマホの画面が、ゆっくりとぼやけだした。

「っ……、ふ」

救いだったのは、耐えきれずにぽろぽろとこぼれ落ちてきた涙を、だれにも見られなかったことかもしれない。

あたしたち、いままで遠慮のかけらもない言葉をたくさんぶつけあってきたはずなのに。

それに傷つくことも、本気で嫌いになることもなかったはずなのに。

いまはもう、ちがうんだ。

もうあの頃のあたしたちに戻ることなんて、できないんだ。

ただでさえ無数の亀裂が入っていて、少しでも触れれば崩壊してしまうような関係なのに。

あたしから触れることなんてできない。

この期に及んで、壊れるのが、怖い。

「……っく、……う、っ……」

あたしから悠里に別れを告げない理由。
負けた気になるから。
悔しいから。
その気持ちすら建前だ。
本当はただ怖いだけだった。

いっそ嫌いになれたら楽なのに。

　次の日のお昼休み。
　2組の教室から少し離れた空き教室。
　お弁当を食べ終えたあたしはゆっくりと机に突っ伏した。
　向かいの朱音はコーヒー牛乳を飲みながら、スマホをいじっている。
「はあ……」
　重苦しいため息をこぼすと、朱音がスマホをポケットにしまった。
　そして面倒くさそうな表情であたしを見やる。
　男子にはそんな顔、ぜったい見せないくせに。
「もー。しょーがないから聞いたげる。昨日どったの？」
「ん……」
「莉子が部活休むなんてよっぽどだし。後輩ちゃんたちも心配してたよぉ？」
　朱音の声に、部員たちの顔が頭に浮かんだ。
　昨日……部活、行きたかったなあ。
　先輩後輩関係なく部員のみんなと話すのも、弓を引くのも好き。
　あたしは部長だし、純粋に部活が楽しいから、よっぽどのことがない限り休んだりしない。
　だけど、昨日は……。

「悠里は……あたしと、別れたいん、だって」
　ぽつりと落とした言葉は、静かな空き教室で無造作に転がって。
　むなしさといっしょに、あたしの心臓をつかんだ。
「だれから聞いたの」
「……浜辺さん」
　悠里と直接話をしたっていう考えは、朱音にはないらしい。
　まあ、当然か。
　これだけ距離の開いたあたしとあいつが、いまさら話なんてできるわけがない。
　昨日、あんなに近くにいたあのときでさえ、あたしは悠里と話すことができなかった。
　臆病者。意気地なし。
　知ってる、わかってる。そんなの。
　わかってるけど、面と向かって話す勇気なんて出ない。
　だって、あたしたちの関係が決定的にこなごなになったら、あたしはどうなるの？
　ずっとずっと、いっしょにいた。
　ずっとずっと、そばで過ごしてきた。
　中学のときですら毎日のように同じ時間をともにして、離れることなんてなかった。
　あいつとも……"彼"とも。
　だからもう、失いたくないんだ。
　ぎりぎりまですがって、あたしからは決して手放したく

ないんだ。
　こんなに傷ついて、苦しんで、泣いても、なお。
　言ってしまえば、依存しているだけなのかもしれない。
　だけど２年前までとはちがって、いまはあいつを幼なじみとしてじゃなくて……好きな相手として、恋人としてそばにいてほしいって。
　あたしはずっと、それだけをあいつに望んでいたのに。
　なのに、ねえ、なんで？
　悠里はもう、そうじゃないの？
　別れたいなら……どうしてあんたから、言ってこないの。
　ほかの女の子と仲よくしたり、あたしを傷つける言動をくり返すほど別れたいなら、どうして……。
「ふうん……」
　こと、と紙パックを置いた朱音は、しらけたようにあいづちを打った。
　肘をついた両手で指を組んで、そこに顎をのせる朱音。
　あたしが男だったら、その無自覚なあざとさは効果てきめんだったんだろうか。
　朱音が女の子らしいからこそ、とてもさまになるそのしぐさは、あたしにはどうがんばってもまねできない。
　あたしは好きな相手の前でさえ、かわいい女の子でいられない。
「別れたいって、悠里くんの口から聞いたわけじゃないんでしょ？」
「……うん」

静かにうなずいたあたしを見て、こて、と小さく首をかしげる朱音。
　うつむいたあたしの顔をのぞきこむためのそれは、少なからず気遣っているように見えた。
「浜辺さんって、あきらかに悠里くん狙いだしぃ。くよくよ悩んでたら相手の思うつぼだよー？」
　別れたほうがいいっていつも催促してたくせに、そんな元気づけるようなアドバイスをくれる朱音。
　でも、あたしにだってよくわかってる。
　１ヵ月前から悠里は別人みたいに女の子とかかわりはじめたけど、悠里によく話しかける女の子も、悠里がよく話しかける女の子も、共通しているのは浜辺さんだということ。
　浜辺さんは本気であたしから、悠里の彼女という立場をうばおうとしてるんだ。
　……ううん。
　もしかしたらその座はすでに、浜辺さんのものなのかもしれない。
「あの子、ぜったい腹黒いもん。オンナノコに嫌われるタイプ」
　かわいらしく唇をすぼめる朱音に、あたしはあきれて顔をあげた。
「そうだとしても、あんたには言われたくないだろうけどね」
「えー、あたしだから言うんだよぉ」

「同族嫌悪ってやつ？」
「べっつにぃ？　あたし、女の子で嫌いな子とかいないし」
　嫌いな子がいないっていうか……好き嫌いがわかるほど親しくなってないだけでしょ。
　本当にこの子は、男にしか関心もたないんだから。
　朱音なりに苦悩があるのはわかってるから、べつになにも言わないけど。
　男あさりは褒められたものじゃないけど、朱音はぜったいに、彼女のいる男と遊んだりしないし。
「話、戻すけどぉ……。莉子は浜辺さんにけん制されたのが理由で、部活休んだのー？」
　朱音が腑に落ちない、と言いたげな口調でたずねてくる。
　あたしは言葉につまって、また顔をうつむかせた。
　本当は、朱音に言いたくなかった。
　昨日、1ヵ月ぶりに悠里と話をしたこと。
　……ううん、あたしはひと言も話していない。
　ただ悠里から一方的に、突きはなす言葉を投げつけられたこと。
　それを話してしまったら、本当に悠里が最低なやつだって、全肯定することになる気がした。
　あんなに傷つけられたのに、最低だって心の中でさんざんののしったのに……あたしはまだ、信じたがっているから。
　だけど、心配してくれる朱音に、なにもないなんて嘘はつきたくなくて。

苦い気持ちが喉もとにこみあげてくるのを感じながら、あたしはうつむいたまま昨日のことを打ちあけた。
　朱音は黙って聞いてくれていたけれど、あたしが話し終えると、ふーっと投げやりに息を吐き出した。
「んん……。悠里くんほんと意味わかんなあい。ねえ莉子、いい加減あたしが言ってあげよっかぁ？」
「……いいよ。なにもしなくて」
　なんか、いやな予感しかしない。
　ちょっとイラだたしげな声で聞いてきた朱音に、あたしは顔を上げず首を振った。
　朱音が悠里になにを言おうとしているのかはわからないけど、あたしたちのひび割れた関係に、素手で触れてほしくなかった。
　音もなく砕け散ってしまうことが、怖くて、仕方ないから。
「もう少しで、付き合って２年の記念日なのにねー……」
　朱音はなぐさめるようにつぶやいて、ぽんぽん、とあたしの頭を軽くなでた。
　ふだんはそんなことしないくせに。
　ヘンに優しい手に、涙が浮かんできそうになる。
　自分のことじゃないのに、記念日だって覚えてたんだ。
　……悠里は、どうなんだろう。
　あたしと付き合って２年目の記念日だってこと、ちゃんと覚えてる？
　それとももう、どうでもいいのかな。

もし覚えていたって、こんな状況で、なにも言わないだろうけど。
　いっそ悠里のことなんて、大嫌いになってしまえたらいいのに。
　そしたらもうこんなつらい思いしなくて、済むのに。
　本当に嫌いになれたら、どんなに楽だろう……。
　ため息をもらしながらゆっくりと顔を上げたとき、黒板の上にある時計が視界に入った。
　そしてふと、あることを思い出す。
「あ……。あたし、日直だ」
　完全に忘れてた。
　日直はお昼休みが終わる前に、職員室に行かなきゃいけない。
　うちのクラスは日直はひとりの役目だし、あたしが行くしかない。
　そういえば……1ヵ月前、悠里が浜辺さんと映画に行く約束をしていた日。
　あの日はたしか、悠里が日直だったっけ。
　なんて、そんなこと、どうだっていいけど。
　はあ、とまたため息を落として、憂鬱な気分でイスから立ちあがった。
「職員室、行ってくる」
「行ってらっしゃーい。先に教室戻っとくね」
　朱音の言葉にうなずいたあたしは、重い足取りで空き教室をあとにした。

職員室のある１階の廊下を歩いていると、窓から中庭のようすが見えた。
　ベンチや木のそばで、談笑しながらごはんを食べる生徒たちの姿。
　晴れているからいまはまだ平気だろうけど、もう少ししたらみんなも校舎内で食べるようになるんだろう。
　そんなことを考えながら職員室に入り、担任から配付物を受け取った。
「失礼しましたー」
　託されたのは数冊のノートとプリントだけだった。
　少なくてよかった、とほっとしながら、職員室の扉を閉める。
「莉子」
　ふいに後ろから、耳になじんだ優しげな声に名前を呼ばれた。
　振り向くとそこに立っていたのは、広哉先輩だった。
　昨日、朝の弓道場で会ったばかりだし、２日連続で会えるなんてめずらしい。
　学年もちがうし、広哉先輩が部を引退したいま、なかなか顔を合わせることがないから。
「こんにちは。広哉先輩も職員室に用事ですか？」
「いや？　そこから莉子の姿が見えたから」
　そうほほ笑んで、窓の外を指さす広哉先輩。
　どうやら広哉先輩も、中庭でお昼を過ごしているひとりだったみたいだ。

広哉先輩が指さした方向へ視線を投げると、中庭にいる彼の友人らしき男の人たちが、こちらに気づいて手を振った。
「外、寒くないですか？」
「んー、言われてみれば肌寒いかもね。11月に入ったら教室かな」
　友人たちに手を振り返しながら、広哉先輩は目を細めて笑った。
　あったかい、包容力のある笑顔。
　あたしの傷だらけの心を優しく包むような、広哉先輩の雰囲気。
　いやだな……。
　さっき朱音と悠里のことを話したばかりだからか、つい頼(たよ)りたくなってしまう。
　この人にそんなこと、できるわけがないけれど。
「それで。どうなの、悠里との仲は？」
　ふいうちで核心(かくしん)をつかれて、息がつまった。
　気持ちを読まれたみたいで目を見開くと、「昨日今日でどうこうならないか」と苦笑する広哉先輩。
　ずるいな……広哉くん、は。
　どうしてそうやって、あたしの、弱くなってる心の部分に触れてしまうの？
「そういや……中学の同級生から、悠里がちがう女の子といるの見たって聞いたんだけど」
　そう話す彼の声や表情が、冷たい部分をとかすように心

に響いてくる。
　……本当に、ずるい。
　隠していようって思っていたのに、知られてるんじゃん。
　やだなあ。
　この人には……知られたくなかった。
「莉子が悩んでるのって……それ？」
　慎重に心に触れるように、彼はあたしの顔をのぞきこんだ。
　あたしとあいつの関係が壊れる寸前だと知ったら、あなたはどう思うの？
　あたしがずたずたに傷ついていることを知ったら、あなたはどうするの……？
　それがわかる気がして、でもやっぱりわからなくて、……わかりたくも、ない。
　ただひとつ言えるのは、これはあたしと悠里の、ふたりだけの問題だから。
　だから……。
「たぶんそれ、見まちがいだと思いますよ」
　とても優しいこの人に、いまさら頼ることなんてできない。
　あっけらかんと嘘を並べ、眉を下げて広哉先輩に笑ってみせた。
「じゃあ、失礼します」
　広哉先輩の言葉を待つこともなく、あたしはぺこりと軽く頭を下げてから、ひとり廊下を歩いていく。

背中に広哉先輩からの視線が向けられていることには、なんとなく気づいていた。

素直になりたかったのに。

　放課後、ごみ捨てついでに職員室に日誌を出しに行った。
　かばんを持っていたらそのまま弓道場へ向かえたのに、あいにく教室に置きっぱなしだ。
　掃除はもう終わったから、教室にはだれもいないだろう。
　仕方なく３階へ引きかえし、自分の教室のすぐ近くまでさしかかったとき。
「あー、柏木な。あいつはほんっと、気がつえーよな」
　扉が開いた教室の中から男子の声が聞こえてきて、足が止まった。
　同じ掃除のメンバーだ。
　今日もろくに掃除を手伝わなかったくせに、まだ帰っていなかったらしい。
　しかも、よりによってあたしの話題だし。
「昨日おまえのことすげーにらんでたしなあ」
「いやー、マジびびった」
「あれはおまえが悪いわ。ああいうこと、でけえ声で言うなよな〜」
　筒抜けなふたりの軽い笑い声に、胸のあたりがむかむかした。
　声の大きさの問題じゃなくて、そもそも口に出すなっての。
　なんて会話に対して心の中で悪態をつきながら、どうし

たものかと考える。

まさか自分が話題の中心になってるタイミングで、しれっと入っていけるほどあたしは勇ましくない。

でも矢筒も、かばんといっしょに置いたままだし……。

ああもう、最悪。

はやく部活行きたいのに。

「でも俺、柏木けっこうアリかも」

悩んでいると、突拍子もない言葉が投下されて、思考が止まった。

は……？

なんでいきなり、そういう方向に話もっていくわけ？

意中にない男子にそんなこと言われても、うれしくない。

勝手に人のこと許容範囲に入れないでよ。

となりの教室の壁にもたれて、入るタイミングを見はからっていたけど、これはとうぶん足止めになるかもしれない。

「マジでー？　っつーか、柏木は悠里がいんじゃん？」

「は？　もう別れてんじゃねーの？」

やっぱり、そう見えるんだ。

だれもあたしたちを見て、恋人同士だなんて思うはずがない。

わかっていたのに、こうやって実際に突きつけられると、すごく苦しい。

好き勝手に話すふたりの声に、心臓が、ぐっと強く締めつけられた。

「えー、おまえら別れてんの？　なあ悠里！」
　……その呼びかけで、いっそう強く。
「え……っ」
　あたしは目を見開いて、思わず小さな声をもらしてしまった。
　悠里も、いまそこにいるの？
　会話に参加してなかったから、もう帰ってるんだと思ってたのに。
　っていうか、悠里がいる前であたしの話をするとか、デリカシーなさすぎだ。
　そんなことを考えながらも、もっと心臓がざわついてきて、あたしはゆっくりと壁から離れた。
　動悸がしはじめた胸あたりで、ぎゅっと手をにぎりしめる。
「そういえば、最近おまえ、ずっと浜辺といるよな」
「だよな！　柏木と別れて、浜辺と付き合いはじめたんだろー？　だったら柏木のこと、俺がもらっちゃってもいいよな？」
　男子の冗談めかした言葉にイライラするより、さっきから一度も声の聞こえない悠里のようすが、気になって仕方がなかった。
　悠里がいまどんな表情をしているのか、どんなことを考えているのか。
　すごく知りたいけれど、知るのが怖い。
　何度も傷つけられてきたのに、いまでもこんなふうに期

待したくなってしまう。
　だってあたしは1ヵ月前のあの日から、一度だって悠里の気持ちを本人から聞いていないんだ。
『悠里くん、言ってたよ。柏木さんと別れたいって』
　ねえ悠里、それ本当？
　人づてに聞かされる、本当か嘘かわからないあんたの気持ちに、傷つくなんて本当はしたくないよ。
　怖くて言えないけど、本当はちゃんとあんたの口から、そのままの気持ちが聞きたいんだよ……。
「……やらねーよ、あいつは」
　静かになった教室内から、つぶやきのような声がたしかに耳に届いた。
　ぶっきらぼうで、なんの感情も読み取れない声だった。
　だけどそれは、まぎれもなくあいつの声で。
　まるで時間が止まったかのように思える数秒間。
　ただその短いせりふだけが、あたしの頭の中でこだました。
「えー、じゃあやっぱおまえら別れてねえんだ？」
　ヒュウウ、なんてはやす口笛が聞こえてきて、だんだん、体の内側でじわじわと熱が生まれだす。
　なに、よ……それ。
　うれしい、なんて思ってしまう単純な自分が、心底悔しい。
　都合のいい女みたいで、すごく悔しいのに……どうしてこんなに。

すべての疑問や不信感をさしおいて、打ちふるえる鼓動、こみあげてくる熱。
　このままじゃ涙が出てきそうになるから、ぎゅっと目をつぶった。
「はー？　じゃあなんでずっと浜辺といんだよ？　柏木と話してるとこもぜんぜん見ねえし！」
　納得がいっていないというようにわめく男子の声に、答えはなかった。
「俺、帰るわ」
「あー、逃げんのかよっ」
　かた、とドアが揺れる小さな音が聞こえてきて、はっとした。
　あたりを見渡したあと、あたしはとっさにとなりの教室の中へ身をひそめた。
「じゃあな。ちゃんとあやまれよ」
「お……おー」
　悠里の念を押すような声に、片方の男子が歯切れ悪く返答する。
　少ししてから、悠里がひとり廊下を歩いていくのが扉から見えた。
『やらねーよ、あいつは』
　そのひと言に隠された、悠里の本当の気持ちはなに？
　ねえ、わかんないよ。教えてよ。
　答えてよ、悠里……。
　悠里はあたしのこと、どう思ってるの？

本当にだれかに渡したくないと思ってるなら、どうしてあたしを見てくれないの……？

ふたたび疑問が噴出してきて、うれしい気持ちをがりがり削っていく。

素直によろこべないよ、悠里。

悠里の声で、あたしへ向けた言葉で、本当の気持ちを聞かせてよ……。

ぎゅう、と手をにぎりしめて、あたしはゆっくりと教室から出た。

そのまま、男子ふたりが残っている２組の教室へと足を向ける。

「あ……柏木」

さっきまで好き勝手なこと話して、盛りあがってたくせに。

教室に入ってきたあたしに気づいた男子ふたりは、少し気まずげな顔で目くばせした。

あたしはそれにかまわず、自分の席に置いていたかばんと矢筒をつかんだ。

「あ、あのさ、柏木」

「なに？」

話しかけてきたのは、昨日、久保田さんのことを笑っていた男子。

かばんを肩にかけながら返事をすれば、その男子は目を泳がせてから、

「昨日は、その、悪かった。ごめん」

「……は？」
　いきなりあやまってきた男子に、疑問符のついたひと文字がこぼれ落ちた。
　あたしは眉をひそめて、その男子を見すえる。
　その『ごめん』が、昨日の件についてだということはもちろん理解できるけれど。
「なんであたしにあやまってんの？　久保田さんにあやまりなよ」
「あー、こいつ、昨日ちゃんと久保田にもあやまったからさ。ゆるしてやってよ」
　もうひとりの男子がフォローするように、あたしに苦笑を向けた。
　ごみ捨てに行くとき、久保田さんはまだ教室にいたけど。
　あたしが教室を出ていったあと、ちゃんとあやまったの？
　それって……。
「悠里に言われて？」
「……う、うん、まあ」
　さっき帰り際に悠里が言っていたのは、このことだったんだ。
　なにいいやつぶってんの、って思ったけど……そうだった。
　悠里は昔から、そんなやつだったっけ。
　自分が悪いと思ったらちゃんとあやまってくる、性根のいいやつ……だった。

だからこそずっと関係を保っていられたし、あたしはそんな悠里が昔から好きだった。
　……幼なじみとして、昔から、好きだった。
　こちらの反応を待っているのか、なにも言わず視線をよこしてくる男子ふたり。
　あたしは小さくため息をついた。
「べつに……悪いと思ってるんだったらいいけど。っていうかそんなことにあやまるくらいなら、ちゃんと掃除してよ」
「えー……」
「は？」
「わ！　わかりましたぁ！」
　あたしの怒気のふくんだ声に、ふたりは声をそろえてびしっと敬礼までやってくれた。
　それがなんだか……おかしくって。
「……ふっ」
　たぶん、ほんのちょっとだけ、気分が浮かれてたんだと思う。
　単純だけど、悠里のあのたったひと言が、あたしの心を軽くしたから。
　敬礼したふたりに、あたしは小さく吹き出して、つい笑ってしまった。
　そんなあたしを、ふたりは敬礼したままぽかんとした面持ちで見つめてくる。
　それに気づいて、「なに？」とたずねると、ふたりは顔

を見合わせたあと。
「柏木の笑った顔、かわ……じゃなくて、ひ、久しぶりに見たなと思って」
「そ、そうそう！　最近ずっとぴりぴりしてる感じだったじゃんっ」
　たしかにこんなふうに純粋に笑うのは、久々な気がする。
　ぴりぴり……か。
　最近ずっと、悠里と浜辺さんを見てイライラしていたからかな。
　でも、まさかクラスメイトに、しかも男子に気づかれてるなんて思わなかったけど。
「悠里はなんか浜辺とよくいるしさあ。俺、おまえら別れたのかと思ってたんだぜ〜」
「おまえっ、なに言ってんだよ！　えーと、あれだよな？ちょっとケンカしてたとか？」
　へらっと能天気に笑う男子と、あせったようにあたしの顔をうかがう男子。
　ううん。
　これは……ケンカなんかじゃ、ない。
　あたしたちのこの現状は、そんな単純明快な問題じゃ、ない。
　いくら考えてもからまった糸はほどけない。
　答えを見つけるための手がかりすらない。
　どうして悠里がほかの子と仲よくするようになったのかなんて、ちっともわからないんだ。

……それでも。
　それでも、もし悠里が、いまでもあたしのことを想ってくれてるんだとしたら……。
「あー……ほらっ。悠里もさ、真面目に掃除してなかったじゃん？　俺らだけじゃなくて、あいつにもちゃんとしろって言ってこいよ！」
「そ、そうだよ！　悠里さっき出てったばっかだから、まだ門出てねえよ！」
　なにも言葉を返さないあたしが思いつめていると思ったのか、ふたりそろってあわてだした。
　そして、気づいたらそれに、「……うん」とうなずいているあたしがいた。
「ちゃんと……言ってくる」
　しっかりとそう口にしたあたしに、ほっとした表情を浮かべたふたり。
　なんか……案外いいやつらなのかもしれない。
　ちゃんと久保田さんにもあやまったみたいだし。
　昨日のことは水に流そう、と考えなおして、あたしは肩にかけたかばんの持ち手をぎゅっとにぎった。
「ありがと。じゃあね」
　ふたりに手を振って、ちょっとだけ笑ってみせた。
　それからすぐに教室を出て、ついさっき悠里が通っていった廊下を走っていく。
　悠里のたったひと言のおかげか、あのふたりが元気づけてくれたおかげか。

いまなら、悠里を引きとめる勇気が、もてる気がした。
　いまなら、素直にあたしの気持ちを、悠里にありのまま伝えられる気がした。
　階段を下りていくと、生徒玄関へ向かう悠里の後ろ姿が視界に入った。
　１階に降りたった瞬間、あたしはスッと息を吸いこんで、そのまま――。
「ゆっ――」
「悠里くんっ」
　悠里の名前を呼ぼうとしたあたしの声を、甘く柔らかな声がさえぎった。
　あたしの口からはそれ以上、名前がつむがれることはなく、ただ無音の空気が吐き出されるだけで。
「待ってたよ、悠里くん～」
「浜辺……。今日は約束してなかったと思うけど」
「えへ……いっしょに帰りたくて。だめかなあ？」
　ふわふわした、甘くとけるわたがしみたいな笑顔を浮かべる浜辺さん。
　どこからどう見ても、恋する女の子。
　あたしなんかよりずっと素直でかわいらしい……すてきな女の子。
「べつにいいけど。俺、電車通だよ」
「うんっ、知ってるよ。駅までいっしょに帰ろ？」
　あたし……なに、やってるんだろう。
　浮かれて、うぬぼれて、追いかけたりして……なんなん

だろう。
　ばっかみたい。
　単純な自分がはずかしくて、かわいそうで……とてもみじめだと思った。
　そしてやっと、気づいた。
　あたしはもうすでに、悠里の彼女として失格だったんだ。
　浮気相手に対してかなわないって引け目を感じて、勝手に劣等感を抱いて、あたしは気づけばみずから悠里から遠のいていた。
　浜辺さんの存在に気おくれして、悠里の彼女としての自信を喪失してるようなあたしが。
　いまさら悠里を……浮気相手と歩いていってしまう彼氏を、引きとめられるはずがない。
　勇気なんて、出るはずなかった。
　気持ちなんて、伝えられるはずなかった。
　だってあたしは、素直になんてなれない。
　浜辺さんにかなうような女の子じゃ、ない。
　だけど。
　……それでも。
　それでもあたしは、あんたのこと……。
「すき……っ、なのに」
　ちゃんと、こんなに。
　──……好きなのに。
　かすれた声のつぶやきはとても小さくて、もちろん伝えたい相手には届きやしない。

もう、あたしたち無理だね。
　潮時なんて、とっくに目の前を通りすぎてた。
　あたしのこと『やらねーよ』なんて言った悠里の気持ちなんて、わからない。
　そんなのいまさらだ。
　１ヵ月前のあの日から、悠里の気持ちなんて少しも見えなくなってた。
　でももう、いままでのあたしたちには戻れないことだけは、たしかなんだ。
　だったら、あたしから、この関係を終わらせよう。
　そのときに苦しくて、泣いてしまわないように。
　この関係を終わらせるための、準備をしよう。

Second Tears
「好きじゃない、」

きっと優しい過去じゃない。

　小学生の頃、家が向かい同士のあたしたちは、毎朝集団登校の集合場所までいっしょに向かうのが日常だった。
　約束なんてしていなかったけれど、必然的に。
　あれは小学生になってはじめて迎えた、誕生日(ひ)の朝。
　玄関のドアを開けたら、いつもあたしを待たせる側の悠里が家の前で待っていて。
『……ちょっとは、女らしくなるんじゃねーの』
　"誕生日おめでとう"より先に、ぶっきらぼうに悠里から渡された、繊細な蝶をかたどった女の子らしいヘアピン。
　それはあたしがずっとあこがれていた、手づくりのアクセサリーだった。
　自分で買ったわけじゃないのはわかる。
　どうやって手に入れたかも予想がつくし、どうしてそれをあたしにプレゼントしてくれたのかも、わかってる。
　そのヘアピンは、あたしの"母親代わり"とも言える女性がいつも身に着けていた、どこにも売っていない代物だから。
　受け取ったあたしはうれしくて、ちょっと照(て)れくさく思いながらも悠里に笑った。
『ありがと！　大切にする！　毎日つける！』
『は、はあっ？　べつにつけなくていーよ』
『ばっかじゃないの！　ヘアピンなのに使わなくてどうす

んの!?』
　あたしはさっそく繊細な蝶のアクセサリーを右耳の上にとめて、悠里に『どう?』ってたずねてみた。
　そしたら悠里は、顔を真っ赤にして。
『しっ、知るかよ!　もう行こうぜ!』
『よーしっ、じゃあ集合場所まで競争!　よーいどん!』
『はあ!?　ずっりーぞ莉子!』
　勢いよく走り出したあたしに、すぐに追いついた悠里は、ちょっとためてから小さな声でつぶやいた。
　聞きとれないくらい、本当に小さな声で、『誕生日、おめでと』って。
　その言葉に、さっきより照れくさくなっちゃったあたしは、『なんか言ったー!?』なんてはぐらかしちゃって。
『っ、なんでもねえよ!　ばーか!』
『ばかじゃないしー!　このあいだの足し算テスト満点でしたー!』
　そんなふうに無邪気に言いあらそいながら追いかけっこしていたから、集合場所についたときにはふたりとも汗だくだった。
　そんなのが、小学生のあたしたちの日常だった。
　10年前のあたしはいまよりもっと男まさりで、体を動かして遊ぶことが大好きで。
　ひらひらと舞う蝶を見つければ、はしゃいで追いかけまわしているような子どもだった。
　いつも悠里といっしょに、疲れはてるまで蝶を追いかけ

つづけているような、そんな子どもだった。

　あたしたちが少しずつ変わりはじめたのは、小学4年生のとき。
　恋に、落ちた。
　……ううん。
　ずっと"彼"に抱きつづけていた感情が、ようやく恋だと自覚した。
　あたしと悠里は幼稚園以前からの付き合いだったけれど、"彼"と出逢ったのは幼稚園のとき。
　小学校はべつだったけれど、その頃もあたしたちはよく"彼"の家に遊びに行っていた。
　"彼"はあたしたちとは正反対で、おだやかで優しくて。
　外で遊びつかれて戻ってきたあたしたちを、笑顔で迎えてくれるような男の子で。
　いま思えば、あたしたちとはちがう雰囲気の"彼"にひと目ぼれしていたんだ。
　恋愛にうとかったあたしがそれにやっと気づいたのは、男女数人で恋バナなるものに興じていたとあるお昼休み。
　名字が同じカ行で席も近かったから、悠里もそこにいた。
　あたしはとなりの女の子の初恋体験談を聞いていたときに、彼女の話す恋の症状が、"彼"へ抱く感覚とまるきり同じだと気づいたんだ。
　"彼"を見るだけで心がふわふわして、あたたかくなる。
　もっといっしょにいたい、話したいと思う気持ち。

……そっか、これが恋なんだ。
　自分のなかで芽生えていたその感情に、恋という名前を与えた次の日から。
　あたしは悠里にもらってから毎日のように身に着けていたヘアピンを、はずした。
『ヘアピンは？』
　家から出てきた悠里が開口一番、待っていたあたしを見て不思議そうにたずねてくる。
　３年以上もあたしの右耳の上で輝いていた蝶が突然いなくなったら、送り主である悠里はそりゃ気づくだろう。
　でも、言い訳を用意していなかったあたしは、戸惑った。
『な……なくし、た』
　目を泳がせて数秒、しぼり出すように返した答え。
　苦しまぎれの見えすいた嘘に、悠里は黙って、あたしをさぐるようにじっと見つめてくる。
　──気づかれた。
　たぶん、嘘だって気づかれた。
　たぶん、恋してるって気づかれた。
　ヘアピンをつけていない罪悪感からか、嘘をついた引け目からか、そう思った。
　だって悠里も、あの場にいた。
　あたしが自分の中の恋心に気づいたあの瞬間、悠里もあたしのすぐそばにいたから。
『ふーん』
　しばらくしてからのそのそっけない反応に、胸がきゅっ

と苦しくなった。
『……ごめ、ん』
『いーよべつに。おまえ、そういう柄じゃねーもんな』
　それじゃあたしが、いやがってはずしたみたいに聞こえる。
　そうじゃない。
　そうじゃないのに。
　悠里がヘアピンをくれたあのとき、本当にうれしかったのに。
　でもヘアピンをつけなくなった理由を偽ったあたしに、そんなこと伝える権利はないから。
　なにも言わずに歩きだした悠里のちょっと後ろを、あたしもなにも言わずに歩きだした。
　……嘘、ついて、ごめんね。
　本当はなくしてないよ。
　ちゃんと、大事に持ってるよ。
　これからもぜったいに、なくさない。
　キミがくれた宝ものは、ずっと大切にするから。
　……ごめんね。
　そう隠さず素直に伝えられていたら、変わらずにいられたのかな。
　ううん。
　その頃にはすでに悠里はあたしのことを想ってくれていたんだから、どっちみち傷つけた。
　でも、きっと。

あたしが悠里にじょじょに素直になれなくなってしまったのは、その日からだった。

恋する気持ちが大きくなればなるほど、悠里に隠しごとが増えていく。

変わらず時間を共有していても、あたしたちの距離は少しずつ変わっていく。

"彼"を好きだと気づいてしまったことが、すべてが変わるきっかけだった。

中学で弓道部に入部して以来、あたしは毎日のように弓を引いてきた。

きっかけは単純。

"彼"が小学生のときからずっと、弓道を習っていたから。

中学校でまた"彼"と同じ学校になったあたしは、ただ"彼"に近づきたい一心で、同じものを見たい一心で、弓道をはじめた。

ぐぐっ……と弓を引きしぼり、28メートル先に見える霞的（かすみまと）に狙いをさだめる。

集中しなくちゃいけないのに、ふいに脳裏をかすめるのは、悠里と浜辺さんの後ろ姿。

「っ、いた」

右手を離した瞬間、弦のはじける乾（かわ）いた音と同時に頬にするどい痛みが走って、あたしは顔をゆがめた。

会ではととのった姿勢、安定した精神状態で集中力を維持していなければならない。
　そこに乱れが生じてしまうと、離れの際に、いまみたいに弦が顔や体にあたってしまうことが多い。
「⋯⋯はあ」
　左手に持つ弓をおろして、じんとしびれる頬を軽くさすった。
　最近、調子が悪い。
　今日の練習試合でも、思うように矢を飛ばせなかった。
　あきらかに情緒がぐらぐらと危うい自分に肩を落としていると、弓道場と更衣室を直接つなぐドアがガチャッと開いた。
　制服に着替え終えた朱音が、そこからひょこっと顔を出す。
「莉子、また払ったのー？　今日それ何度目？」
「んー⋯⋯」
　あいまいに返事をするあたしを見て、朱音は腰に手をあてて息をついた。
「いい加減やめないとそのうち血が出るよぉ？　今日はもう帰ろー」
「⋯⋯そうだね。矢取り、行ってくる」
　不調のときに躍起になって練習に打ちこんでも、改善されるはずがない。
　ましてや練習不足が原因じゃないのなら、血眼になったって、さらにあせりがつのって悪循環が生まれるだけだ。

わかってる、けど。
 わかってる、のに。
 それでも、弓を引くことで発散できていたはずのやるせない気持ちを、いったいほかのどこへぶつければいいのかわからないから……。
「……はあ」
 地面にため息を落として、足袋を履いた足に靴を引っかける。
 的からずいぶん離れた場所に、点々と所在なさげに突きささった矢たちを、重い足取りで回収しに向かった。

 弓道場からの帰り、駅までの道を朱音ととなりに並んで歩く。
 正門を出て10分ほどすれば、かんかんかん、と踏切の音が聞こえてきた。
「……朱音。いま疲れてる？」
 駅前にさしかかる交差点で、あたしはとなりの朱音に問いかけた。
 朱音は少しだけあいだをあけたあと、察したように小首をかしげた。
「べつに疲れてないけどぉ？」
「歩いて帰らない？」
「おっけ。莉子さんの話、聞いてあげますよー」
 ここから２駅先があたしたちの家の最寄り駅。
 いつもはふたりとも電車を利用して通学しているけれ

ど、練習試合がはやく終わった休日なんかは、１時間以上かけて歩いて帰ることもある。
　それはだいたい、どちらかがなにか話したいことがあるときだ。
　と言っても、あたしが話したいことがあるときのほうが圧倒的(あっとうてき)に多い。
「悠里と……別れようと、思ってるんだけど」
　道ばたで迷子になっている小石を、かつんと軽く蹴(け)る。
　行き場をさがすように無造作に転(ころ)がっていく小石が、少し離れたところで息を止めた。
　悠里と……別れる。
　思ったよりふつうに言葉にできたけれど、それに喪失感のようなものを覚えた。
　もうすぐあとかたもなく粉砕(ふんさい)される、あたしたちの関係。
　いまだにすがりつきたくなる手を、そっと抑える。
「ふうん。やっと決心ついたんだねー」
「朱音は……さっさと別れたほうがいいって、思ってた？」
「そりゃあね。でも別れたとして、莉子はちゃんとあきらめられるの？　悠里くんの彼女じゃなくなっても引きずるんなら、別れたところで意味ないよぉ」
　思ったことをはっきりと口にしてくれる性分の朱音は、本当に頼りになる。
　恋愛経験だって、あたしよりはるかに豊富だし。
　それが褒められた経験かは、またべつだけど。
「どうすれば……悠里のこと、あきらめられるかな」

どうすれば、この恋に終止符を打てるんだろう。
　幼なじみだからなんて都合のいい理由、中途半端に大人になったあたしたちにはもう通用しないのかもしれない。
　じゃあどうすれば、傷ついてもなお信じたがる心を、ちゃんと消し去ることができるんだろう。
「定番だけど、新しい恋するのがいちばん手っ取りばやいでしょ」
「新しい恋って……だれに？」
「あたしに聞かれても。そのようすじゃあ、うちのクラスの男子は対象外なんだねー」
　クラスの男子……か。
　当然だけど、高校では悠里以外の男子を恋愛対象として見たことがなかったから、わからない。
　だって高校に入ってから、悠里より身近な男子なんていなかった。
　同じ高校で、同じクラスで、同じ帰り道で。
　そんな幼なじみよりも近くに思える存在に、これから出逢うことなんて、できるの……？
「あたし、ほんとに、悠里に依存してたのかも……」
　うわごとのようにつぶやいて、また足もとにあった小石を雑に蹴った。
「彼女に目ぇ向けない彼氏よりいーでしょ。これから世界広げてきなよぉ」
「世界、か……」
　あたしがいままで見てきた世界は、狭かったのかな。

あまたの男子と関係をもつ朱音とくらべたら、そりゃちっぽけな世界なんだろうけど。
　でも、視野を広げたところで……いまさら幼なじみ以上に深い関係を築ける相手なんて、見つけられる気がしない。
　この気持ちは、時間が解決してくれるものなのかな。
　なんてそんなのも、あいまいで甘い考えだってわかってる。
　だって、傷が癒えて恋が終わる、それはいったいいつになる？
　あたしはそのときまで、ずっと苦しまなくちゃならないの？
　そんなの……ごめんだ。
　カツッ、とつま先で蹴りつづける小石は転がっては止まり、また転がっては、勢いをなくしてこと切れる。
　強めに蹴ってみたら、逃げるように草むらへと消えていってしまった。
　それを細めた目で見送り、はあ、と短いため息をこぼしたとき。
　朱音がふいに、ぴたりと歩みを止めた。
「朱音？」
　不思議に思って、数歩前から振り返れば、朱音はちがう方向に視線を投げていて。
　そのあとあたしのほうへゆっくり顔を戻して、真剣な表情で口を開いた。
「……じゃあ、"彼"は？」

静かな声で、そう問いかけてきた朱音。
真っ白な数秒間ののち、その代名詞がさす人物を理解して。
なに言ってんの？と軽く笑おうとしたあたしの言葉をさえぎったのは、
——タンッ——。
耳になじんだ、余韻の残る的中の音だった。
まるで条件反射のように、その音が聞こえてきたほうへと顔を向ける。
それはついさっき、朱音が視線を向けていた方向で。
歩道沿い、フェンス越しに見える公共の弓道場。
そこは中学のときに、"彼"とあたしが弓道を習っていた教室でもある。
でも一般利用されているのはまれで、あたしも教室をやめてからは、通りかかってもいつも素通りだった。
だけどいま、射位に立って弓を持っているその人物から、目が離せない。
「え……」
流れるような残身、28メートル先の的に中った矢をまっすぐ見つめる横顔。
ラフな私服姿の"彼"が、中学時代に目に焼きつけた袴姿の"彼"とかさなって。
う、そ……。
もしかして、あれって。
ううん、あたしが見まちがうはずがない。

……忘れるはずが、ないんだ。
　確信した瞬間、どくんっと、心臓が痛いほど大きく跳ねあがった。
　なにも考えられないでいると、"彼"がふと、的からゆっくりと目を離す。
　気づいたようにこちらに顔を向けた"彼"の視界に入ったのは、28メートルよりもっと近い距離で立ちつくしている、あたしの姿だった。
　弓をおろした"彼"はその瞬間、目を見開いて。
「り、こ……？」
　小さく動いたその唇が、たしかにあたしの名前を呼んだのがわかった。
　信じられない偶然に、おどろいて身動きができない。
　だって最後に顔を合わせた中学の卒業式から、もう１年半以上経っていて。
　だってこんな前触れもなく再会するなんて、夢にも思わなくて。
　次に会うときはきっとおだやかでいられるだろうって、卒業式の日にそう思っていたあたしの予想は、実際には大きくはずれていた。
「広斗……」
　声になっていたかはわからないけれど、"彼"の名前をつぶやいた。
　広斗。
　小学生の頃、遊びつかれたあたしたちをいつもおだやか

な笑顔で迎えてくれて、弓を引く姿がとてもかっこよくて、ずっとあたしのあこがれだった人。
　小学校からの幼なじみで、あたしの初恋の人。
　あたしが弓道をはじめるきっかけになった人。
　そしてあたしのはじめての彼氏で、中学3年生の秋にあたしをフッた人。
　別れを告げるあの日の広斗の言葉が、閃光(せんこう)のようにフラッシュバックする。
　最後まであたしの目を見なかった広斗。
　引きとめようとしたあたしの手を、振りはらった手。
　いまでもわからない、不完全で中途半端な別れの理由。
「なんで……」
　なんでよりによってこんな、こんなタイミングで。
　どうして、再会なんてしちゃったんだろう。
　秋の空気を色濃くふくんだ冷たい風が、あたしたちのあいだをすりぬけていく。
　乱暴に髪をさらい、肌をなぶっていくそれに、静かに呼吸が冷えるのを感じた。
　それは、この再会が優しい運命にならないことを、示唆(しさ)しているようだった。

歯車は思いがけず止まらない。

　ずっとずっと、好きだった。
　ずっとずっと、その背中だけを追いかけてきた。
　だから"彼"があたしのほうを振り返って、あたしの気持ちを受けとめてくれたときは、いままで生きてきて一番幸せな瞬間だと思った。

「つもる話もあるだろうし、先帰っとくね」
　そうひらひらと手を振って、すぐそばの駅へ向かう朱音を見送ったのが、5分ほど前。
　公共の弓道場の入り口で待っていると、先ほどまで弓を引いていた"彼"が矢筒を片手に外に出てきた。
　中学のときから見慣れていたその矢筒に、なつかしさがこみあげる。
「ごめん、待たせて」
　広斗が見せたのは、あの頃のようなおだやかな笑顔じゃなくて、かすかに口もとに浮かんだだけの笑みだった。
　それは少し大人になったせいか、それとも、ふたりきりの時間があの日のつづきのような気まずさをはらんでいるからか。
　答えはわかりきっているけれど、胸が痛むようなことはなかった。
　ただ少し、余韻のように締めつけられるだけ。

「……ううん。大丈夫」
　少しだけ笑って、あたしはゆるく首を振った。
「久しぶり、広斗」
「うん、久しぶり。莉子、髪のびたね」
「まあね。中学卒業してから一度も切ってないから。整えたりはしたけど」
「そっか。女の子らしくていいと思うよ」
　優しくほそまった瞳に、「ありがと」とあたしも静かに笑った。
『ちょっとだけでいいから、これから時間ない？』
　そうフェンス越しに誘いを持ちかけたのは、あたしのほうだった。
　弓を持ったままの広斗は少しおどろいたあと、『いいよ』とうなずいてくれた。
　広斗が誘いにのってくれるだろうことは、わかってた。
　かと言って、きっとあたしから言わなければ、たったそれきりで終わる再会だっただろう。
　たったそれきりで、終わらせたくなかった。
　このままじゃだめだって思っていたところだったから。
　いまを変えなくちゃいけないって、そう思っていた矢先の再会だったから。
　でも勢いこんで現状打破する気持ちがあるわけじゃなくて、ただいまは、ちょっと心を休めたいだけだった。
「近くにカフェあるけど、そこ行く？」
「うん。いきなり誘っちゃったけど、予定とかなかった？」

歩きだした広斗につづきながら、その背中にたずねかけてみる。
　すると振り返った広斗が、ふっと苦笑するようにあたしに笑った。
　その表情を目にした瞬間、心にじわりとしみこんでくるなつかしさ。
「大丈夫だよ。予定があったらことわってるから」
「それもそっか」
「うん。莉子こそ……」
　広斗はそう何気なく話をつづけようとして、……そっとやめた。
　あたしを見ていた瞳が、行き場を失ったように揺れたのがわかった。
　けっきょくなにも言葉をつなげることはなく、広斗は中途半端に会話を切ってまた前を向いてしまう。
　広斗は昔から取りつくろったり、うまくしのいだりすることが苦手だ。
　だからすぐに、気づいたよ。
　広斗が自然と話題に出そうとした、名前を。
　だってあれからしばらくしてあたしたちが付き合いはじめたことを、広斗が知らないはずないから。
　きっと、悠里のことを問いかけようとして、自分にそんなことを聞く権利がないとでも思いなおしたんだろう。
　1年半以上会っていなかったのに、いまでも広斗の考えていることがたやすく理解できた。

幼なじみだから。
ずっといっしょにいた、男の子だから。
ただいまでも、あの別れの日の彼だけは、どうがんばってもわからない。
いまなら……あのとき広斗が考えていたことを、聞かせてくれるかな。
そんな考えがよぎったけれど、それを声にのせる勇気はなかった。
弓道場から歩いて数分の、小さなカフェの奥の席。
あたしたちは向かいあわせになって腰を落ちつけた。
あたしが手に持っていた矢筒をテーブルの端に立てかけたのを見て、広斗がほほ笑んだ。
「莉子も、高校でも弓道つづけてるんだね」
「もちろん。これでも一応、部長やってるんだから」
「へえ、さすが莉子。じゃあ兄さんの引き継ぎってことだ」
「うん、前の部長が広哉くん。引退してからめったに会えなくなっちゃったけど」
「あー、受験勉強のおかげで家でも弓引いてないしね。腕も落ちてるんだろうな」
「じゃあ、勝負したら勝てるんじゃない？」
本人がいないのをいいことに、冗談めかしてそう言うと、広斗も「受験後に持ちかけてみようかな」なんて笑い返してくれた。
広哉先輩が現役だったとき、家でも兄弟ふたりで部活の話とかしてたのかな。

……いまは、どうなんだろう？
　数日前、職員室の前で話した広哉先輩のことを思い出して、ほんの少し心臓がざわついた。
　ウエイトレスさんに飲みものをオーダーしたあとは、自然と沈黙がおとずれた。
　しばらく視線を落としていた広斗が、ゆっくりとあたしのほうを見る。
「あのさ。莉子」
「ん？」
「じつは今日……ちょっとだけ見てたんだよ。練習試合のようす」
　ひかえめな声で話した広斗に、あたしはつい数時間前の不調だった自分の射を思い返した。
　見てたって……あたしが弓を引くところを？
　広斗が？　どうして？
　広斗の家からあたしの高校まではけっこう距離があるし、公共の弓道場に行く道すがらにあるわけでもないのに。
　わざわざ見にきた、ってこと？
「久しぶりに莉子の射見て、すごいなつかしくなった」
「……あはは、ぜんぜん中んなかったでしょ。最近、調子悪くって」
　軽く笑ったら、広斗は今度は笑い返すこともなく、ただじっとあたしを見つめた。
　なにか思案しているような表情。
　というより……頭の中に浮かんだ言葉を、口にしていい

か迷っているような、そんな表情だと思った。
　そんなあたしの予想は、どうやらはずれていなかったようで。
　ウエイトレスさんが飲みものを運んできてくれたあと、広斗が口を開いた。
「莉子がいま不調なのって……。もしかして、悠里とのことが、関係してる？」
　率直なわりに、壊さないように、慎重にうかがう声音だった。
　本当に広哉先輩と兄弟だなあ、なんて心の隅っこで見当ちがいなことを考える。
　やっぱり……広哉くん、広斗に話しちゃったんだ。
　そんな気はしていたから、あまりおどろきはしなかったけれど。
　彼ならきっと、広斗に話してしまうだろうと思っていた。
　いまさら元彼に話すなんて、とは思わない。
　だって広哉くんから見ても、悠里から見ても、あの日のあたしたちの別れはあまりに唐突で、不完全だったから。
　目の前のレモンスカッシュの気泡がはじけるのをながめながら、あたしは「まあね」と静かに笑った。
　けれど返事したあとで、胸のうちに芽生える、自分への不信感。
　……あたしって、もしかしたらいま、すごくずるい。
　悠里と付き合うことで、ゆっくりと眠りについた広斗への恋心。

それはもう一生、目を覚ましたりしないと思ってた。
　たとえこんなふうに、思いがけない再会があったとしても。
　あたしがいま好きなのは、ほかでもない悠里だけだ。
　幼い頃からずっとあたしのそばにいてくれた、あいつだけ。
　そのはずなのに、あたしはいま……いったい広斗に、なにを望もうとしてるんだろう？
　悠里が浮気してるから？
　もうあたしを、見なくなったから？
　悠里の代わりになることを、今度は元彼に押しつけようとしてるの……？
　あの日の別れの本当の理由を、時間の経ったいまですら、問うこともできないくせに。
　自分の不埒な思考がすごくあさましく思えて、とがめるように膝の上でぎゅっと手をにぎった。
　それから顔を上げて、自分に言いきかせるみたいに笑ってみせる。
「でも、大丈夫だよ」
　……なにが、大丈夫なんだろう。
「いまはたぶん、倦怠期なだけ」
　そんなはずないって、自分が一番わかってるけど。
「だから心配しないでよ、広斗」
　こんな強がり、きれいでもなんでもない。
　ばかみたいな見栄だけど、どうしようもない。

悠里にだけじゃなく、広斗に対しても素直でいられなくなっちゃったみたいだ。
　でも、いまはそれでいい。
　広斗は……広哉くんみたいに優しいから。
　あたしはレモンスカッシュをひと口飲んで、気を取りなおしてまた口を開いた。
　広斗から言葉が返ってくる、その前に。
「せっかく会えたんだしさ、暗い話はやめようよ。広斗のほうは部活がんばってる？」
「……うん、それなりに。うち、２年になっても筋トレあるんだよ」
「うわ、さすが強豪。あたしんとこはゆるいからなぁ」
　つらい思いをしていることを打ちあければきっと、広斗はあたしに寄りそってくれるんだろう。
　好きな女の子として、じゃなくても。
　あの日の不完全な別れを、しこりとして心のうちに残したままでも。
　きっと広斗は、幼なじみとしてあたしのそばにいてくれるんだろう。
　でも、それじゃ、だめなんだ。
　あたしは幼なじみに……悠里に、いままで甘えて、依存してきたから。
　これ以上、幼なじみを特別な存在として見ちゃ、だめなんだ。
　それだけはずるいあたしにも、わかっているから……。

それから数時間ほど話をして、窓から見える空がオレンジ色に染まってきた頃にカフェをあとにした。
　広斗とたわいない話をしているあいだは、純粋に笑うことができた。
　優しく包まれるような安心感に、心のうちの邪念が払われる気がして。
　変わってないんだなって、広斗は広斗のままなんだなって、何度も再確認した。
「家まで送ろっか？」
　出身中学が同じ広斗とは、もちろん同じ駅で降りる。
　ふたりで改札を出た頃には空はオレンジが黒に侵食されたあとで、日の短さに秋を通り越して冬の気配すら感じた。
「んーん、大丈夫。ありがと。楽しかった」
「こちらこそ。莉子と久々に話せて……よかった」
　そう言って、広斗はあたしに優しくほほ笑んでくれた。
　おだやかであたたかくて、ずっと大好きだった笑顔。
　その表情を目にするたび、あの日しまいこんだ記憶や感情が心の奥からにじみ出てきそうになる。
　外の冷気があたしを現実に引き戻したみたいで、なんだか心がぐっと圧迫される気分を味わった。
　広斗の前では、もう弱音なんて吐いちゃいけない。
　別れる最後の１秒までちゃんと、明るいあたしでいなくちゃ。
　だって、彼に頼ることなんて、あたしにはもう……。
「莉子」

強く自分に言いきかせるあたしの名前を、広斗が真剣みを帯びた声音で呼んだ。
　それだけでさらに、締めつけられる心。
「俺にこんなこと言う権利も資格も、ないって……わかってるけど」
　優しいのに少しかたい、広斗の声が届く。
「なにもなかったら、いいから」
　真正面からまっすぐ見つめられて、
「……なんかあったら、電話して」
　息が止まった。
　なにか返事をしようにも、うまく頭がはたらかなくて。
　二度目の"大丈夫だよ"も、冷静な"ありがとう"も、口にすることができなかった。
「待ってるから。……ごめん」
　その"ごめん"には、どんな意味が込められてるの？
　それを聞く暇も余裕もなく、黙ったままのあたしにもう一度ほほ笑むと、広斗は「じゃあ」と背を向けて歩いていってしまった。
　その背中を見送りながら、悲しさとか情けなさとか、やるせない気持ちにとらわれる。
「ごめん……」
　あたしこそ、あたしのほうが、ごめんね。
　本当に、ごめんね。
　本当に、ずるいね。
　ごめん、ごめん……ごめん。

……本当は、期待、していたんだ。
　頼っていいよって、優しい彼に逃げ道を与えてもらえるのを。
　ずるいあたしはやっぱり、期待してしまっていたんだ。

ただ感情仕掛けのキスじゃない。

　"嫌い"。
　どんなに激しいケンカをしても、その言葉だけはぜったいに口にすることはなかった。
　あたしたち幼なじみのあいだでは、暗黙の了解みたいなものだった。
　だって嫌いになんて、なるはずがないから。
　どんなにムカついたって、あたしたちは一度だって、そんな嘘をついたことはなかった。
　けれどその暗黙の了解を中３でやぶったのは、あろうことか、あたしたちとケンカなんてめったにしなかった広斗だった。
『莉子のこと……嫌いになったから。別れよう』
　中３の秋、受験モードまっただ中。
　笑っちゃうくらい唐突だった。
　おかげであたしは、すぐに理解することができなくて。
　あたしの目を見ようともしない広斗は、それだけ告げると、去っていこうときびすを返した。
　だけど、あたしがそれをおとなしく見送れるはずがなく。
『待ってよ！』
　背を向けて離れていこうとする広斗を、とっさに引きとめた。
『意味わかんない。なんでいきなり、そんなこと言うの？』

笑った顔が、どうしても引きつる。
　本気だとしても、冗談だとしても、広斗がそんなことを言うなんて信じられなくて。
　"嫌い"という３音だけは、口にするはずがなかった。
　だってそれは、どうしたってお互いを傷つけることになる言葉だから。
　あたしたち３人のあいだには、ぜったいに必要のない言葉だったのに。
　駆けよって、広斗の手をつかもうと、手をのばした。
　けれどその手は、パシッとはじかれるように拒まれて。
『もう……莉子と、付き合える気がしない』
　がくぜんとするあたしの目に映ったのは、あたしなんかよりもずっとずっと傷ついた表情でうつむいている、好きな人の姿だった。
　それを目にしたとたんに、心臓が強く締めあげられるようで、言葉を失った。
　ねえ……なんで……。
　なんでそんな顔、してるの？
　ねえ、広斗……なんで？
　あたしのことを『嫌い』って言って……なんで広斗のほうが、苦しそうな顔をするの？
　なにがあったのか、教えてよ。
　どうしていきなり別れようなんて言うのか、話してよ。
　広斗の思ってること、ちゃんとぜんぶ聞くよ？
　抱えてるものがあるなら、あたしにも打ちあけてよ。

いままでそうやってあたしたち、付き合ってきたじゃん。
　だから……お願い。
　肝心なことなにも言わずに、いきなり離れていこうとしないでよ……。
『ひろ、と……。嘘、だよね……？』
　声をしぼり出したあたしの呼びかけに、肩を少しだけこわばらせて。
　広斗は振りきるようにきびすを返し、応えることなく、走り去っていってしまった。
　糸が途切れた、それきり。
　学校で呼びとめようとしても、彼は断固としてあたしと話してはくれなかった。
　悠里も、なにも事情を知らなくて。
　広哉くんに聞いても、『受けとめてやって』なんて、無責任な答えが返ってきただけで。
　本当に、なにもわからなかった。
　弱いあたしはなにもわからないまま、そのときずっとそばにいてくれた悠里に、抱きしめられるがままずがったんだ。
　でも……広斗への恋心が過去になっても、悠里のことを好きになっても。
　あの日唐突におとずれた、不完全で中途半端な別れはいまも。
　心の深いところで、わだかまりとしてくすぶっている。

◇

「お父さん、おはよう」
　カーテンを開けた窓から、淡い朝日がさしこんでいる。
　リビングのドアを開けたあたしは、ソファに腰かけて新聞を読んでいるお父さんに声をかけた。
　お父さんは新聞から顔を上げ、あたしを認めると目もとをゆるめた。
「ああ、おはよう。朝ごはんできてるぞ」
「ありがとう」
　うちは父子家庭ゆえ、家事は基本的に交代制でおこなっている。
　お母さんの記憶はない。
　あたしがもの心つく前に離婚した、というのは中学に入ったときに聞いたけれど、くわしいことは聞きづらくてよく知らない。
「いただきまーす」
　ダイニングテーブルについて、焼きたての目玉焼きトーストに手をのばした。
　お父さんは新聞を折ってソファから立ちあがり、スマホの画面を確認した。
　それから、ふと「ああ」と思い出したような声をもらす。
　あたしはもぐもぐと口を動かしながら、首をかしげた。
「ん？」
「明日って、ちょうど2年前におまえたちが付き合いはじ

めた日じゃないか」
　こちらを振り返ってそうほほ笑むお父さんに、息がつまった。
　なんとなくごまかすように、あたしは手もとにあったミルクティーをひと口飲む。
　朱音はともかく、お父さんまで。
　っていうか、なんでそんなこと、いちいち覚えてるの……。
　忘れていたかったのに。
　……ううん、頭にないふりを、していたかったのに。
「べつに……そんなこと、どうだっていいでしょ。お父さんに関係ないじゃん」
「なんだその言い方は。悠里とケンカでもしてるのか？」
「っだから、お父さんには関係ないってば！」
「娘のことなんだから関係はあるだろ。お父さんアドバイスは苦手だけど、相談にならのるぞ？」
　あたしの怒気をふくんだ返しも受けながして、軽く踏みこもうとしてくるお父さん。
　いまは悠里の話なんてしたくないのに。
　からかってるのか本気なのかわからない言葉に、怒りなのか悲しみなのかわからない行き場のない感情がこみあげてくる。
　そんな簡単に言わないでよ。
　相談なんて、できるわけないじゃんか。
「そういえば、さあ、土曜！　久しぶりに広斗と会ったよ」

根掘り葉掘り聞こうとしてくる前に、あたしは強引に話題を変えた。
　その瞬間、笑っていたお父さんが。
　おどろいたように目を見開いて、顔をこわばらせたように見えた。
「おまえが広斗くんの話をするなんて、めずらしいじゃないか」
「いや……うん。だから、久しぶりに会ったから」
　笑みを消して少し眉根を寄せたお父さんを見て、しまった、と思った。
　お父さんももちろん、あたしが広斗と付き合っていたことは知っている。
　いまこのタイミングで名前を出すのは、浅はかだったかもしれない。
　それでなくてもお父さんは、あの家庭をあまりよく思っていないんだから。
「元気そうだったか？」
「うん、まあ」
「ならいい。……じゃあ、お父さんそろそろ出るな」
　わずかに眉を下げてほほ笑み、お父さんはジャケットをはおった。
　胸のうちにうっすらと広がっていく心地の悪さに、あたしは静かにティーカップを置いた。
「いってらっしゃい」
　ダイニングから見送るあたしに、お父さんは「戸締まり

しっかり頼むぞ」と言いのこし、かばんを持ってリビングをあとにした。

ばたんとドアが閉まり、とたんリビングには色彩が失せるような静寂がおとずれる。

朝から気が重い……。

そもそもお父さんが、悠里の名前なんか出すからだ。

お父さんの言うとおり、明日はあたしたちが付き合いはじめて2年目の記念日。

2年前、3人で共有するのが当たり前だった時間を、ふたりだけで刻みはじめた日。

いつもあたしの両どなりにいた大切な存在の一方が、突然、姿を消しても。

悠里はずっと変わらずに、あたしのとなりにいてくれた。

2年前の明日は、悠里があたしにとって、100パーセント唯一となった日なんだ。

そんな日を……こんなぐらぐらと崩壊寸前な関係のまま、迎えてもいいんだろうか。

……あたしはいやだよ、悠里。

たぶんもう、これ以上あいまいな状態であたしたちは進んでなんていけない。

崩れかけの時間を刻んでいくにはもう、心が限界を叫びすぎているから。

土曜日の広斗との再会がきっと、あたしの心の決定打になった。

ずるいってわかってる。

でもたしかに、心が救われたんだ。
　関係を壊す勇気を、唯一を失う覚悟を、ちゃんともたなくちゃいけないと思えたから。
『悠里くんの彼女じゃなくなっても引きずるんなら、別れたところで意味ないよ』
　それは、朱音の言うとおりかもしれない。
　あたしだって、別れるときに泣いてしまうなんていやだと思っていた。
　だけど、いまのあたしたちの関係を、ほかでもない自分の手で終わらせられるのなら……。
　こなごなに砕け散っても、途切れた糸が二度とつながらなくても、きっとそれが最善策なんだといまは思うんだ。
　たとえ深く後悔したって、涙が止まらなくたって。
　好きって気持ちが、ずっとあたしの心をむしばみつづけたって。
　もう一度つながりたがる糸を断ちきるのが、あたしたちの正解なんだと、そう思えるから……。
　だからもう、ここでさよならしよう。
　不器用な傷つき方はもう、終わらせよう。
　窓からさしこむ淡い朝日を見つめながら、あたしは静かに決心した。

　靴箱でローファーから上履きに履きかえ、教室へと向かう。
　階段を上っていると、ばたばたとあわただしく駆けおり

ていく女子とすれちがった。
　とくに気にとめずに、最後の1段を上ろうと足を持ちあげたとき。
「きゃっ！」
　背後からそんな短い悲鳴につづいて、ばさばさっと乾いた音が聞こえてきた。
　反射的に振り返れば、その声の主は久保田さんだったようで。
　その足もとにさまざまな色のノートが散らばっているのを見ると、どうやら駆けおりてきた女子とぶつかって、持っていた大量のノートを落としてしまったらしい。
「あーっ、ごめんね？」
「い、いえ……こちらこそ、ごめんなさい」
「えーっと、あたし急いでるから！　ごめん！」
　ぶつかった女子は手を合わせてあやまりながらも、立ちどまったのは一瞬だけで、すぐに階段を駆けおりていった。
　なにあれ……。
　いくら急いでたって、自分のせいで落としたノートは拾っていくのが常識でしょ。
　内心あきれながら階段を引き返し、近くに落ちている赤いノートを拾いあげた。
　数学のノートだ。
　そういえば久保田さん、数学係だったっけ。
　ノートを拾いあつめようと腰をかがめた久保田さんは、あたしに気づくとあせったように顔を赤くした。

「か、柏木さ、いいよ……！」
「いいからいいから。それより久保田さん、大丈夫？」
　散らばったノートを回収しながら、あたしは久保田さんを見上げた。
　相手の女子はけっこうなスピードで駆けおりていたから、ぶつかって落ちたりしなくて本当によかった。
　久保田さんって華奢だし……線が細いっていうか、はかなげな雰囲気をまとってるから、ちょっとの衝撃で倒れてしまいそうな危うさがある。
　って、ちょっと失礼かな。
　そんなことを考えながら視線を階段の下へ向けると、踊り場にも1冊落ちているのが見えた。
　あ。あの青色のノート、あたしのだ。
　そばのノートを拾いあつめたあと、踊り場に落ちた自分のノートのもとへ向かった。
　けれど階段をくだっていくその足は、あと数段のところで踏みとどまった。
　下から階段を上ってきた人物が、足もとに落ちていたそのノートを、長い指で拾いあげたから。
　どくんと心臓がおどろいて、息が一瞬だけ止まった。
　視界に入っただけで、胸に緊張の糸が張りつめる。
　その場に立ちどまった悠里は、ノートの名前を確認したあと、ふと顔をあげた。
　視線が絡まる、数秒間。
　数段上で立ちつくしているあたしは、思わず胸に抱えた

ノートたちをぎゅっと抱きしめた。
　どう、しよう。
　なんて……なんて、言えばいいの。
　息がしづらくて、頭がはたらかなくて、なにも声を発することができない。
　すると悠里は少し目を細め、階段を上ってきた。
　あたしのすぐそばまで歩いてくると、なにも言わずにノートをさし出してくる。
　あたしはうまく動かない手で、なんとかそれを受け取った。
「……ありがと」
　ふるえないように空気にのせた声は、感情を押し殺したからかとても無愛想だった。
　悠里はなにも答えることなく、そのまま横を通って階段を上っていった。
　あたしは振り返ることもできずに、ただうつむいてぎゅっとノートを持つ手に力を込める。
《話がしたいから、放課後、時間をください》
　今朝、朝ごはんを食べたあと、決意が変わらないうちに送ったメッセージ。
　以前までのあたしたちにはありえない、かたい敬語の一文。
　悠里はもう、見たんだろうか。
　既読がついたかは、怖くて確認することができない。
　どっちにしろ、今日で最後にするって決めたんだ。

悠里が糸を切ったように、あたしも悠里へとのびる糸を、断ちきらなきゃ。
「柏木さん……？」
　心の中で自分に言いきかせていると、後ろから心配げな声に名前を呼ばれた。
　あたしははっと我(われ)に返り、振り返って久保田さんを見上げる。
　めがねの奥からのぞく、大きくてきれいな瞳。
　それが一直線にあたしへ向かっていて、ちょっとどきっとした。
　真っ白できめこまかな肌、形のきれいな小ぶりの鼻、桜色の唇。
　やっぱり……もったいないなあ。
　可憐(かれん)なのに身なりに無頓着(むとんちゃく)な彼女を見上げながら、そんな素直な感想が浮かんだ。
「久保田さん」
　名前を呼び返せば、久保田さんはしっかり結われたおさげを揺らし、首をかしげた。
「ちょっと、頼みたいことがあるんだけど……」

　その日の６時間目の体育は、男女別でサッカーだった。
　10月のグラウンドは肌寒く、大半がだらだらとやる気なさげにボールを追いかけていた。
　着替えの時間も必要だから、チャイムが鳴る10分前には授業終了(しゅうりょう)の号令がかかる。

「じゃー、片づけは体育委員の園田と、女子は柏木だな。よろしく頼むぞ」
「はーい……」
　解散してクラスメイトたちが校舎へ向かう中、体育委員のあたしはサッカーボールを回収した。
　待たせるのも悪いから、朱音には先に戻ってもらった。
　久保田さんといっしょに。
　カラーコーンを回収したもうひとりの体育委員は……園田……放課後の掃除のときに、懸命にがんばる久保田さんを笑った男子だ。
　まあ悠里に言われてちゃんとあやまったらしいし、悪いやつってわけじゃないから、いまは怒っていないけれど。
「体育倉庫、遠すぎだろー」
「はやく戻んないと、着替える時間なくなるね」
　カラーコーンを軽々かつぐ園田が、「あっちい」と胸もとをぱたぱたさせた。
　サッカーボールが入ったカートを押しながら、むしろ寒いあたしは園田を見上げる。
　見ればたしかに、園田の首筋には汗がにじんでいた。
　休憩中に男子のサッカーも見てたけど、いちばんゴールを決めていたのは園田だった気がする。
「そういや、園田ってサッカー部だっけ。今日よく動いてたね」
「まあな。つーか、ほかのやつらが動かなすぎなんだよ」
「うん。だから園田がいちばん目立ってた」

「はは、マジで〜？　はっず！　ばかみてえじゃん、俺」
　ちょっと赤くなって笑った園田は、きっとサッカーが純粋に好きなんだろう。
「心配しなくても、目立ってたっていうのはいい意味でだから」
　こちらを見た園田に、あたしは少し眉を下げて苦笑するようにほほ笑んだ。
　園田だって、まわりがやる気なさげでも、ひたむきにボールを追いかけられる熱意があるんじゃん。
　サッカーに対して、真剣になれるんじゃん。
　そんなやつが真面目に掃除する人を笑うなんて……本当ばかだなあ。
「一生懸命にがんばるのって、はずかしいことじゃないし、かっこいいでしょ」
　そう笑いかけると、園田はしばしかたまってから、ぱっとあたしから視線をそらした。
　暗に久保田さんのことをふくめて、同意を求めたつもりだったんだけど……あれ。
　黙りこんでしまった園田をけげんに思いつつ、到着（とうちゃく）した体育倉庫でカートをもとの場所に戻した。
「あの……さ。柏木って、悠里といまどうなってんの」
　ふう、と一息ついたとき、カラーコーンを下ろした園田から、真剣味を帯びた声でたずねられた。
　唐突な問いかけに、ほんの一瞬だけ息の仕方を忘れそうになる。

園田を見れば、少し複雑そうな表情を浮かべながらも、まっすぐこちらに視線を返していて。
　冷やかしとか、からかいとか、そういうんじゃないんだってわかった。
「別れるよ」
　土でうすよごれた白黒のボールたちをながめながら、静かにつぶやいた。
　自分がしっかり声にした答え。
　それに自分が傷つく必要なんてない。
　苦しくなんてならなくていい。
　悲しくなんて、ならなくていい。
　つらいなんて……思わなくていい。
　ただ表情筋がかすかにこわばるのを感じていると、園田はその返答に安堵したように見えた。
「そう……だよな！　あのさ、俺もじつはさ、おまえら別れたほうがいいって思ってたんだよ」
　自分の答えに傷つきなんて、しなかったのに。
　……他人から投げかけられる言葉には、身構えなんてしてなかった。
「悠里……あいつマジで、最低じゃん。彼女いんのに、ほかの女と仲よくしてるとか」
　寄りそうように見せかけてぐっと突きささってきた矢が、無自覚に無遠慮に心をえぐる。
　そう、なんだ。本当にそのとおりだ。
　なにもまちがってないから。

あいつは本当に……最低なやつだから。
「浮気するようなやつ、はやくふったほうがいいだろ」
「……そうだね」
　きっとあたしのことを思って、園田はこんなふうに言ってくれてるんだ。
　なのにそれに傷ついてるなんて、あたしも本当にばかだ。
　ほこりっぽくてうす暗い倉庫の中じゃ、思考も暗闇へと落ちていきそうになる。
　片づけも終わったしはやく出ようと、あたしは出口へ向かった。
　すると後ろから届いた、「柏木！」とあたしを呼ぶ声。
「なんつーかっ、いま言うことじゃ、ねえかもしんねえけど……」
　振り返れば、園田は倉庫の中からあたしを見つめていた。
　うす暗いせいで、その表情はここからじゃよく見えない。
「なに？」
「俺さ、柏木のこと……けっこういいなって思ってんだよね」
　その言葉が示す意味に、どきり、と少しだけ心臓が反応した。
　目を見開いて、それからふっと脳内によみがえってきた朱音の言葉。
『そのようすじゃあ、うちのクラスの男子は対象外なんだね』
　付き合いはじめてからは、ずっとずっと、悠里のことだ

け見てきたから。
　広斗がいなくなった時点で、あたしにとっての唯一は悠里だったから。
　それ以外の男子なんて、考えたこともなかった。
　それはいままでも、いまも、
「返事とか……いつでもいいし。ちょっと考えてみてくんね？」
　これからもきっと、変わらないこと。
「……ごめん」
　幼なじみを特別に思いつづけてばかりじゃいけないってわかってる。
　朱音の言うように、もっと視野を広げたほうがいいっていうのも、わかってる。
　だけど……。
　狭い世界だと言われてもいい。
　それでもあたしにとって幼なじみ以上に特別な男子なんて、きっとこれから現れることはない。
　少なくともいまは……ほかの男子なんていう選択肢はあたしにはないんだ。
「考えても、あたしの気持ちは変わりそうにないから。……ごめん」
　先延ばしにしても意味はない。
　そう思ったから、ためらわずすぐに答えを返すことができた。
　もう一度ことわりの言葉を告げると、園田は少し眉根を

寄せて、うつむきぎみに。
「……そっか。わりい」
　低めの声でそうつぶやき、早足で倉庫を出ていってしまった。
　こちらを振り返ることなく、そのまま校舎のほうへと走っていく後ろ姿。
　傷つけた、かもしれない。
　わかりきってる答えでも、時間をおいたほうがよかったの？
　……わからないよ。
　だってあたしはいま、時間をおきすぎてこんなにも、苦しい思いをしてるんだから……。
　重い気分のまま、ひとりとぼとぼと校舎に戻って、玄関で運動靴から上履きに履きかえた。
　運動靴を靴箱に戻したとき、ふと感じた人の気配。
　なんの気なしに顔を上げてから、ぐっと胸がつまる感覚がした。
　靴箱のそばの廊下に立っていたのは、今日視線を合わせるのは二度目の彼だったから。
「ゆう、り……」
　静かな生徒玄関で、かすれた声があたしの唇からこぼれ落ちた。
　ジャージのままの悠里の手には、スマホがにぎられていた。
　感情の読めない黒い瞳が、あたしをつらぬく。

背中がひやりとするほど温度の低いその表情に、恐怖感さえ抱いた。
「なに、話って」
「え……」
「俺と別れたいって話？」
　放課後……って送ったはずなのに。
　心の準備もさせてくれないの？
　いきなり核心に迫ってきた悠里に、とっさに言葉が出てきてくれない。
　いつも、いつもこうだ。
　以前のあたしなら、悠里相手には言いたいことを気兼ねなく口にできていたのに。
　なかなか素直な気持ちは言えなかったけれど、重く黙りこむことなんてなかったのに。
　どうして……こんなふうに、なにも言えなくなってしまったんだろう。
　あたしたちはどうして、こんなふうに、変わってしまったんだろう。
「……園田、おまえに告ったんだってな」
　沈黙していると、面倒そうな口調で悠里がそうつぶやいた。
　どうしてついさっきのことを知ってるのか疑問に思ったけど、きっとあたしより先に校舎に戻った園田が、悠里に会って話したんだろう。
「なんて返事する気？」

園田がわざわざ、あたしに告白したことを悠里に話した理由も、あたしからすでにことわられていることを話さなかった理由も……なんとなく、わかる気がした。
　閉じた靴箱のふたに添えていた手をそっと下ろし、あたしはうつむいた。
　あんたには関係ない。
　思いきって、そう言って突っぱねてやろうかとも思ったけれど……。
「……付き合おっかなって、思ってる」
　心臓がさわがしく鼓動を刻むのを感じながら、できるだけ冷静を装って放った答え。
　それはあきらかに悠里をためす言葉だった。
　告白したことだけを悠里に話した園田も、きっと同じ理由だろう。
　ゆっくりと視線を上げてみると、悠里はぐっと目を細めて、まるで嫌悪のような表情を浮かべていた。
　とくに反応は見せないだろうと予想していたから、まさかそんな露骨に表情を変えるとは思わず、あたしは目をみはった。
　なん、で……そんな顔、するわけ……？
　気づけばあたしは、無意識に言葉をつむごうと息を吸っていた。
「悠里の言うとおり……あたし、今日あんたと別れようって思ってたよ」
　どくん、どくん、と胸が強く脈打っている。

だって、もっと悠里の表情を見たい。
　あたしの言葉によって変化する表情を、見つけたい。
　そうすれば少しくらいは、悠里の考えていることがわかるかもしれないから。
「だからさっき、園田に『考えてみて』って言われて……園田もいい」
　かな、って。
　つづきかけた言葉は、悠里が距離をつめてきたことによって引っこんだ。
　長い脚ですぐそばまで来たかと思うと、そのままあたしの肩をつかんで、だんっと靴箱に押しつけてくる。
　衝撃を受けた背中よりつかまれた肩が痛んで、わずかに顔をゆがめたとき。
「っざけんなよ……。おまえ、だれでもいいわけ？」
　大ゲンカしたときに何度か聞いたことのある、本気で怒ったときの低い声が頭上から落下してきた。
　急に怒りをあらわにした悠里に、あたしの脳内では瞬時に疑問が爆発を起こす。
　は……っ？
　意味……意味っ、わかんない。
　なんであんたが怒ってんの？
　ふざけないでほしいのは、どう考えたってこっちじゃんか……！
「マジで……意味わかんねえ、おまえ」
「なに、っ言ってんのよ……。それは、悠里のほうでしょ!?」

いきなり人が変わったように浮気しだしたくせに、あたしがほかの男子と付き合うって言ったら怒りだすなんて、勝手にもほどがある。
　意味わかんなくてずっと気持ちを抑えこんでいたのは、あたしのほうなのに！
「あんたがっ、あたしの手を振りはらって浜辺さんのもとに行った日、あたしがどんな気持ちだったかわかる？　いつも浜辺さんといるとこ見せられて、どんなにみじめだったか！」
　気持ちがたかぶって、職員室が近くにあることもいとわず声を張りあげた。
　涙が出るよりも怒りがこみあげて、苦しくて、息の仕方すら忘れそうで。
　こんなふうに悠里に感情をぶつけるなんていつぶりかわからなくて、うまく歯止めもきかない。
　どんな言葉を選ぶか、考える余裕さえない。
「別れたいなら、あんたからそう言えばいいじゃん！　そうすればあたしだって、あんたのことなんかすぐに忘れてやった！　こんなにしんどい思い、しなくて済んだのにっ!!」
　本当に？
　悠里から別れ話をされたら、本当にあたしはきっぱりあきらめられた？
　……ううん、そんなのどうだっていい。
　悠里があたしのことを好きじゃなくなったのなら、これ

以上あたしが追いかけても無駄足でしかないから。
　ずっとそばにいてくれるなんて、そんな口だけの約束、やっぱりなんの意味もなかった。
　あたしはずっとそばにいたいと思えるほど、あんたのことをちゃんと好きになれたのに。
　いまさら、そんなふうに冷めて消えていってしまうような気持ちだったなら……。
　あんたがあたしを想っていたはずの長い時間は、いったいなんだったの？
「っ、離して！　もう別れるんだから……っ、あたしがだれと付き合おうが、あんたには関係ないでしょ!?」
「やっぱり、その程度の気持ちだったってことかよ！」
　悠里の体を強く押し返そうとしたとき、生徒玄関に響いた悠里の声に、びくっと肩がふるえた。
「な、によ、その程度って……」
「好きだって言ってくるやつなら、だれでも受けいれるんだろ、おまえは」
「……、っ」
　言い返そうとして、喉もとがつまって言葉が出てこなくなった。
　——あの日のことを言ってる、ってわかったから。
　悠里に抱きしめられるがまま、うなずいてしまった2年前のあの日のことを。
　ちがう、あの日は。
　相手が悠里だったから付き合ったんだ。

そう否定したところで、いままさにあたしは、悠里の言うとおりのことをしようとしてる。
　園田と付き合うという話が嘘だったとしても、悠里にとっては……あの日と同じことをくり返そうとしてる。
「それなら、俺じゃなくたってよかったんだろ……！」
　悠里の言葉が、あたしに重くのしかかった。
　なにを考えているのかわからなかった悠里が、感情的な声をぶつけてくるから。
　一瞬、傷ついているように見えて、心臓が押しつぶされる気分を味わった。
　なにも言えずにいるあたしに、悠里は顔をしかめ、チッと小さく舌打ちをして。
　悠里の体に触れたままだったあたしの手をつかみ、自由をうばうように乱暴に靴箱に押しつけてきた。
　力加減なしにつかまれた手が、ふるえそうになる。
「……ずっと、俺のことなんか見てなかったくせに」
　怒気に染まった言葉と同時に、悠里の顔が間近に迫った。
　首を絞めあげられたみたいに、呼吸ができない。
　恐怖心が膨張したのは、あたしを射抜く悠里の瞳が、やっぱり嫌悪の色をはらんでいたからだ。
「おまえは……っ、園田なんかには、ぜってえ渡さねえ」
　低い声のつぶやきのあと、そのまま——噛みつくようなキスをされた。
「っ、ん……っ！」
　キスをするのははじめてじゃない。

幼稚園のときのファーストキスだって相手は悠里だったし、広斗とも付き合っているときに何度かしたけれど、悠里とのほうが多い。
　いつも優しく、気遣うように触れていた唇。
　触れたそこから伝わってくる悠里の想いに、いつも安心感みたいな幸せを与えられていたのに。
　なのにいまあたしが悠里から受けているのは、優しさのかけらすらない、乱暴な口づけ。
　なにもわからない。
　どうしたって、理解ができない。
　どうしてってたずねたって、悠里は答えてなんてくれないんだ。
『園田なんかには、ぜってえ渡さねえ』
　決して甘い響きをもった言葉なんかじゃなかった。
　突然あたしを遠ざけはじめたのはあんたのくせに、なんで離してくれないの。
　意味が、わからない。
　悠里の考えてることが、わからないよ。
　わからないから、教えてって、答えてって、あたしは何度も何度も、そう叫んでるのに。
　悠里はそれに気づいたって、なにも言わず聞かないふりをするんだ。
「っあ、や、っだ……！」
　腰をつたっていた悠里の手が、ジャージと体操服をまくりあげて素肌に触れる感触がした。

びくりと腰がふるえて、体がいっきにこわばって、とてつもない嫌悪感があたしを支配する。
　いやっ、だ……。いやだ！
　いやだいやだいやだ、いやだっ!!
　もう、いやだ……っ!!
　──ガリッ！
　脳内が錯乱状態におちいって、とっさに触れる唇を思いきり噛んだ。
　お互いの薄い皮膚が裂かれ、とたんに濃い血の味が口内を侵して、吐き気を覚えそうになる。
　体と心がはっきりと示した拒絶反応。
　唇が離れ、両手を解放された瞬間、ありったけの力をこめて悠里の頰を叩いた。
　まくられたジャージの裾をぐっと押さえつけて、あたしは肩を上下させて乱れた呼吸をくり返す。
　切れた唇から流れる血液をぬぐう悠里を、強く強く、憎むようににらみつけた。
　顔が確認できないのは、悠里の長い前髪が隠しているからか、あたしの瞳が涙の厚い膜におおわれているからか。
「き、らいっ……」
　なんでこんな、最低なやつになってしまったんだろう。
　あたしが悠里をこんなふうにしたの？
　あたしのなにが、いけなかったの？
　あたしたち、どこで道を踏みはずしてしまったの？
　涙がどんどんあふれてきて、止まらない。

「最、低……っ!　大っ嫌い!」
　ひどくなるおえつに邪魔されながらも、それでも何度も何度もくり返した。
　あたしたちのあいだには必要なかったはずの、どうしても相手を傷つけることになる、その言葉を何度も。
「嫌い!　嫌い、嫌い!　あんたなんか、大っ嫌い……!」
　嫌いだ。嫌いだ、もう。
　あんたみたいな最低なやつ、大嫌い、大嫌いだ。
　それ以外の言葉を忘れてしまったように、壊れた機械みたいに、ただひたすら"嫌い"だけをくり返した。
「きら、い……っ!　嫌い——……っ」
　じょじょに脚に力が入らなくなって、ズルズルとその場に座りこんだ。
　唇といっしょに裂かれたみたいに、胸が苦しい。
　窒息しそうなくらい、うまく息ができない。
　涙が止まらなくて、おえつが止まらなくて、なにも考えられなかった。
　そんな中で、
「……はっ。おまえの気持ちなんか、どうでもいい」
　はあ、はあっ、とおえつ交じりに荒い呼吸をくり返すあたしに投げつけられた、冷たい石のような声。
　真っ白だった脳内に放りこまれたその言葉に、心臓が止まった。
「痛くもかゆくもねえよ。勝手に嫌っとけば?」
　俺も嫌いだと、大嫌いだと。

単純な傷つけ方を返してくれたら、あたしだってきっと思いきり嫌いになれた。
　なのに同意もなにもなく、ただおまえの心に興味なんかないと、悠里は言うんだ。
「お望みどおり、別れてやるよ」
　優しさなんてみじんも感じ取れない、残酷で冷酷（れいこく）な最後。
　聞きたいことなんて、なにひとつ聞けていないのに。
　どこまでも不完全なままに、最後なんだ。
　ああこんなのはまるで、２年前の二の舞いじゃないか。
　あたしは２年前に大切な存在を失ったときとまったく同じように、唯一の大切な存在すらも守りつづけることができないんだ。
　じゃあどうして、出逢ってしまったの。
　どうしてあたしたちは、恋に落ちてしまったの？
　おえつのはざま、ぼやける視界の中、大切だったはずの彼を見上げた。
「はあ……っ、ひっ、く、うっ……」
　泣きじゃくるあたしを見下ろす悠里の口もとには、いびつな笑みが浮かんでいるように見えた。
　泣きじゃくるあたしを見下ろす、悠里の瞳は……。
「っく……ぁ、……っ——」

　——なぜだか、泣いている気がした。

Third Tears
「好きだから、」

もう戻れるはずなんてないから。

　小学生の頃から、あたしと悠里は毎日のように広斗の家に遊びに行っていた。
　広斗の家は新しめのマンションで、おとずれるときは軽く探検してる気分にもなった。
　でも、ちょっとだけあれ？って思ったんだ。
　だって幼稚園の頃、あたしの家族と悠里の家族で遊びに行った広斗の家は……広斗が住んでいた家は、たしか和風の広い平屋建てだった気がしたから。
　そしてもっと、あたしたちの家から、近い距離にあった気がしたから。
　あたしの思いちがいかもしれない。
　幼い頃の記憶なんてすごくあいまいだし、何度もおとずれていた記憶のあるあの場所は、もしかしたらちがう友達の家とかだったのかもしれない。
　けれどひとつだけ、はっきりとした違和感を覚えたことがある。
　小学校にあがってからの夏休み、あたしはお父さんに『またみんなで遊びに行こうよ』と提案したことがあった。
　みんなとは、悠里の家族や広斗の家族もふくめての大所帯で、という意味だ。
　幼稚園の頃は家族ぐるみで仲がよかった、あたしと悠里と広斗。

いっしょにお花見したり、プールに行ったり、遠出するときはだいたいみんないっしょだった。
『いや……もう、そういうのは無理なんじゃないかな』
　なのに、無邪気に目を輝かせていただろう幼いあたしに、お父さんはなぜかくしゃりと顔をゆがめるように笑って、首を振ったんだ。
『お父さんもさ、いまは仕事が忙しいから……ごめんな。ほら、悠里と遊びに行ってきなさい』
　そうごまかしたお父さんに、当時のあたしは素直に納得した。
　"いまは"ということは、またみんなで遊べる日が来るんだって、当然のようにそう思っていた。
　けれどそんな日はもう、二度とおとずれることはなくて。
　ただの予感が、ゆっくりと時間をかけて確信へと変わっていった。
　お父さんは広斗を……広斗の家庭を、よく思ってはいないんだと。
　いったい、いつからだったんだろう。
　あたしが広斗や広哉くんの名前を出すたび、お父さんのほほ笑みに少しだけ複雑な色がにじむようになったのは。
　そのことを、あたしが感じとれるようになってしまったのは……。
　あたしには知らないことが、多すぎるんだ。
　お父さんが広斗の家庭を好かない理由も、広斗や……悠里があたしから離れていった理由も。

たくさん時間を共有してきた人たちの秘密を、あたしはどうしてかなにも知らない。
　教えてほしい。
　そう聞いてもきっと、みんな答えてなんてくれないから。
　いつしか"教えて"と秘密に触れようとすることすら、臆病なあたしにはできなくなっていた。

　深く切れた唇がじくじくと痛い。
　あんなに思いきり、噛むんじゃなかった。
　洗面台の鏡に映る自分と視線を合わせれば、少し赤く腫れた目もとと、傷ついた唇に目がいった。
　さすがに血はもう出ていないけれど、見るからに痛々しい。
「ひどい、顔」
　ぽつりとつぶやいた感想は、かさついていて力なかった。
　できることなら、休んでしまいたい。
　でもあたしがいないうちに、ヘンなうわさが流れてたりしたらいやだし。
　リップクリームを塗りながら、すでに制服に腕を通した自分の姿をじっと見すえる。
　ぐちゃぐちゃにうねる思考にふたをし、ため息をまぎらわせるようにマスクをつけた。
　気が重いまま登校すれば、教室内からわずかながらクラ

スメイトたちの視線を感じた。

　当然といえば当然だろう。

　昨日はあれからすぐ、職員室から出てきた先生があたしと悠里を見つけた。

　たぶん、聞こえてきたあたしたちの声を不審(ふしん)がって、ようすを見にきたんだろう。

　そのままあたしたちは別々の会議室に連れていかれ、先生に詳(くわ)しく話を聞かれた。

　と言っても、とてもじゃないけれど答えることなんてできなかった。

　気が引けたのもあるけれど、思い出すだけで胸が裂かれる痛みを味わうほど、苦しかったから。

　ほとんどの質問に黙りこんでいたあたしに、先生は"別れ話で口論に発展しただけ"という結論を出したんだろう。

　涙が収まり、唇の出血が止まった頃、『もう今日は帰りなさい』と事情聴取(ちょうしゅ)は終わった。

　もちろんホームルームには出られなかったし、荷物は朱音に持ってきてもらったから教室にすら戻っていない。

　あたしは錯乱状態だったからか、案外はやく帰されたけれど……悠里のほうは、あたしより長引いたにちがいない。

　でもたぶん、悠里も先生相手に事情を話したりしなかったんじゃないかと思う。

　関係のない他人に打ちあけるほど、悠里はばか正直な人間じゃない。

　……あたしにすら、なにも話しやしなかったやつなんだ

から。
　まだ登校してきていない元彼の席を、無意識に見つめていることに気づいて、あたしは意識的に視線をそらした。
　自分の机に置いたかばんの持ち手を、ぎゅう、と強くにぎりしめる。
　なにも……考えたくない。
　なにも思い出したくないし、もうなにも感じたくない。
　無意識に思い出してしまうのなら、意識的に忘れ去ってしまえばいい。
　幼い頃のきれいな思い出たちが、あっけなく黒く塗りつぶされていって、次々と息絶える音が胸の奥から聞こえてくる。
　そうだよ。
　何度、あいつの最低な言動に傷つけられたと思ってるの。
　やっとあたしたちは、関係を終わらせたのに。
　この上なく最低な方法で、糸は断ちきられたのに。
　あたしたちらしい終わり方だった、なんて皮肉もいいとこなくらいに。
　……最低なキスで、終わらせたのに。
　なのに……この期におよんで、本当ばかみたいだ。
　あんなに思いきり、噛むんじゃなかった、なんて。
　唇が疼痛を訴えるたびに、泥みたいな罪悪感がたまる気分にさいなまれてる。
　こんな小さな傷、仕返しにしたって足りないはずだ。
　悠里からしたら、あたしにつけられた傷の痛みなんてな

んとも思わないだろう。
　あたしの『嫌い』にも関心がないように。
　あたしは悪いことなんて、してない。
　ぜんぶぜんぶ、ぜんぶ、悠里が悪い。
　そう思っても、ばちは当たんないじゃんか。
　なのにどうして。
　このおびえるような心の苦しさはなんだろう。
　どうしてまだ、しつこく涙が出てきそうになるんだろう。
　わからないよ、あたしには。
　わかりたいとも、思わないよ。
　だってもう戻れるはずなんて、ないから。

　けっきょく、悠里が登校してくることはなかった。
　もしかしたら謹慎処分なのかもしれない、とふと思った。
　なにも聞かされていないから、わからないけれど。
　昨日なにも事情を伝えられなかった朱音には、お昼休みにある程度のことを話した。
　すると『別れられてよかったねぇ』とあくまでポジティブなリアクションを返された。
　まあ、たぶん昨日の放課後の時点で察してはいたんだろう。
　昨日もヘンにいたわられることはなかったし、『これから用事があるから』って帰りはあたしひとりだったし、いちばん仲のいい友人にしてはけっこう薄情だけど。
　でも、別段いつもと変わらないその朱音の態度に、ひそ

かにほっとしたのも事実だ。
　だってもう、終わったから。
　もう思い出す必要も、苦しむ必要もないことだから。
　本当にもう……終わってしまったことなんだ。
　……終わってしまったこと、なのに。
　やっぱりどうしてもあいつのことに意識がいくのが、なんだか悔しくて……苦しい。

「はーい、かーんせーい」
　放課後、淡い夕日がさしこむ教室。
　中間テストを控えているため、部活は昨日から休みだ。
　間延びした朱音の声に、あたしは顔をあげた。
　席にすわらせた久保田さんに、メイクをほどこしたり髪を整えたり、せっせと動いていた朱音。
　そのとなりの席にすわっていたあたしは、久保田さんの変貌ぶりに目をみはった。
　両耳の下で結われていたストレートのつややかな黒髪は下ろされ、めがねもはずしている。
　予想はしていたけれど、たったそれだけで印象ががらりと変わる。
　透きとおるような白い肌、大きな瞳。
　形のきれいな小ぶりの鼻、桜色の唇。
　わずかに顔を赤くして、戸惑うように視線をさまよわせる久保田さんは、見まごうことなく美少女だった。
「メイクは最低限だよー。久保田さんもとがいいから、軽

く整えればじゅーぶん」
　机の上のメイク道具を片づけながら、朱音が満足そうに笑みを浮かべた。
　昨日の朝あたしが久保田さんに頼んだのは、身なりを少し変えてみてほしいという要望だった。
　朱音もかわいい女の子が好きだから、久保田さんをイメチェンさせる話にはふたつ返事でOKしてくれた。
「久保田さん、やっぱそのほうが垢抜けてていいよ」
　朱音から渡された手鏡で自分と顔を合わせる久保田さんに、笑いかけた。
　久保田さんは鏡からおそるおそる顔を上げ、あたしを見つめる。
「で、でも……私がこんな格好……」
「そっちのが自然な感じするよ？　いままでもったいないな〜って思ってたから」
「そーだよぉ。かわいー子が地味なカッコしてちゃだめ〜」
　ポーチのファスナーを閉めた朱音が、久保田さんの頬をつんと人さし指で突いた。
　すると久保田さんは耳まで真っ赤になって、うつむいてしまった。
　本当に、反応がうぶでかわいらしい。
　ピュアっていうのは、こういう女の子のことを言うんだろう。
　あたしも朱音も少なくともそういうタイプではないから、なんだかうらやましく感じる。

「あ……ありがとう……」
　はずかしそうにお礼を言った、純粋でいじらしい彼女に、あたしと朱音は顔を見合わせて笑った。

　その日の帰り。
　電車に揺られながら、スマホを触っていた朱音が「そういえばさぁ」と思い出したように話を切り出した。
　音楽を聴いていたあたしは、朱音側のイヤフォンをはずしてそちらを見る。
「広斗くんには話したの？　悠里くんと別れたこと〜」
「いや……べつに、なにも言ってない」
「はぁー？　なんでよぉ」
「なんでって言われても……」
　たしかに、連絡するべきなのかもしれないとは思っていた。
　広斗はあたしたちのことを、心配してくれていたんだし。
　だけどやっぱり、ずるい、って気持ちがどこかにあるから。
　広斗には……広斗にだけは、うまく話せる気がしない。
　もちろん別れたことなんて相手がだれでも話しにくいことなんだけど、広斗には、広斗にだけは、そういうのだけじゃなくて……。
　そんなあたしを見て、朱音はこれ見よがしにため息をついた。
「まどろっこしー。電車降りたら電話しなよぉ」

「勝手に決めないでよ」
「じゃあ言わないつもりなの？　時間が経ってから聞かされたら、広斗くんも気分悪いでしょー。気にかけてくれてたのにぃ」
　朱音がスマホをいじりながら、とげのある声でもっともなことを言うから、あたしはなにも返せなくなった。
　朱音の言うとおりだ。
　別れたことは話しておかないと、お互いにもっといらない気を遣うことになるだろう。
　ただでさえいま、半透明（はんとうめい）の壁が、再会したあたしたちを微妙（びみょう）によそよそしくさせてるんだから……。
「せめてメッセだけでも、しといたほうがいいと思うけどなぁ」
「いや……うん。やっぱ、電話する」
　そう宣言したとき、タイミングよく電車が最寄り駅で停車した。
　人の流れにしたがって駅を出て、朱音とはしばらくいっしょに歩いてから別れた。
　家までの帰り道をひとりたどりながら、スマホを操作する。
　着信履歴（りれき）ではなく電話帳から広斗の名前を見つけだした。
　ほとんどためらいなく《電話をかける》をタップしてから、ふと気づく。
　もしかして、部活だったりするかな。

うちはいまテスト前だから、部活は休みだけど……高校によってテスト期間もちがうだろうし。
　やっぱり、家に帰ってから改めて電話をかけたほうがいいかもしれない。
　そう思って、ワンコールもしないうちに電話をキャンセルした。
　今日の任務を終えようとしている夕日が、最後の力をふりしぼって世界を橙に染めあげる。
　空を見上げて、シャッターを切るように瞼を下ろした。
　思い浮かぶのは、3人で日が暮れるまで無邪気に遊んでいた、小学生の頃の思い出。
　何度も何度も、3人で同じ空を見上げた。
　同じ時間を刻んで、同じ空間で過ごして、同じ感情をも重ねた。
　次に遊ぶ約束なんて、あたしたちのあいだには必要なかった。
　飽きることなく日々の共有をくり返して、ずっとつづいていくのだと信じて疑わなかった幼い記憶。
　……ああ、だめだ。
　どうしたって、不可能だ。
　ぜんぜん、壊れてなんかいないんだ。
　"いま"がどんなに残酷に終わったとしても、過去は悲しいくらいきれいなまま。
　あたしの特別はいつだって、くつがえされることなんてない。

わかりきっていたことだけれど、だからこそ、あたしは拘束[こうそく]されつづける──。
「……あ」
　無意識に、もらしてしまった声。
　思わず、止めてしまった足。
　家まであと数メートルという距離で、思いがけない人物が視界に入った。
　悠里の家のそばからこちらのほうへと、足を踏みだしたふわふわの髪の彼女は、うつむけていた顔を持ちあげた。
　あたしをとらえたその瞳はおどろきに見開かれる前に、ぐっと憎しみの色へ燃える。
「柏木、っさん……」
　いつも甘く奏[かな]でられていた声は、余裕のない怒りをはらんで、かすかにふるえているように感じた。
　けれど、あたしには理解できなかった。
　だってあたしはたった1日前、悠里と関係を終わらせたのに。
　浜辺さんからすれば、想い人の正式な彼女になることができる好機なのに。
　悠里が休んだのだって、もし謹慎だったとしても……そこまで心を乱すような事態ではないはずなのに。
　どうしてこの状況でそんなふうに怒りをあらわにしているのか、意味がわからない。
　そのまま通りすぎられるはずもなく立ちつくしていると、浜辺さんはぎゅっとこぶしをにぎってこちらへと歩み

寄ってきた。
　そしてあたしの目の前で立ちどまり、真正面から対峙してくる。
「……っ、なんで、なの」
　あたしをきつくにらみつけている瞳は、なぜか、揺れていた。
　強くにぎりしめられたこぶしは、どうしてか、ふるえていた。
　怒りと同じくらいの苦しみすら感じとれる表情を浮かべる浜辺さんは、噛みしめていた唇をゆっくりと動かす。
「なんで……なん、で、柏木さんなのか……、わかんないよ……っ」
　あたしを非難するその言葉は、裏腹に涙にぬれた声音で。
「なんで……ここ、まで、っ」
　あたしをつらぬくつぶらな瞳は、じょじょに透明な薄い膜で覆われはじめて。
「……柏木さんなんか、なんにもわかってないのに……！」
　力を込めてにぎりこまれていた指がほどけ、その手があたしへと向かってくる。
　あたしはそれを避けることもできず、浜辺さんの放つ言葉たちに意識をうばわれる。
「なんで……っ、なんで！　なんでよ……!!　なんで柏木さんは、悠里くんを傷つけることしかっ、できないの!?」
　悲痛に鼓膜をゆさぶった怒号とともに、のびてきた両手にガッと勢いよく胸倉をつかまれた。

ほんの一瞬息が止まって、首を絞められるような圧迫感に、顔をしかめた。
　反射的にその手首をつかんだけれど、浜辺さんの両手はあたしから離れない。
　意味、が……わからない。
　浜辺さんはいったい、なにを言ってるんだろう。
　あたしがいったいいつ、悠里を傷つけたっていうの？
　いつだって傷つけられたのは、悠里じゃなくてあたしのほうだったじゃん。
　いつだって苦しめられたのは、あたしだけだったじゃん。
　困惑を隠せないあたしに、浜辺さんはイラだったように顔をゆがめる。
　浜辺さんは、なにに怒ってるの？
　あたしたちの別れは、浜辺さんも望んでいたことでしょ？
　なのに、どうしてそんな……苦しそうな顔で、あたしをにらみつけてんの。
「被害者づらしないで！　なにもっ、わかってないくせに！」
「な、に……言って」
「悠里くんが、柏木さんに……っ、なにも話さない理由、知らないくせに！」
　悠里が、あたしに。
　……なにも話さない、理由？
「柏木さんは、最低だよ……！」

瞳にたくさんの涙をためて、ほとんど泣き声で叫んだ浜辺さん。
　彼女だったあたしにはなにもかもを隠して……それでも悠里がみずから打ちあけた、相手。
　とたんに、戸惑っていた心が、ゆっくりと温度を下げていくのを感じた。
　あたしは目を細めて、涙をこぼした浜辺さんを見下ろした。
「……意味、わかんないんだけど」
　意識せずとも吐き出されたのは、怒りをともなった低い声だった。
　謝罪の気持ちなんて、わいてこない。
　責められる理由が理解できないのに、申し訳ないなんて思えるわけないじゃん。
　……なんで元彼の浮気相手だった女子に、あたしがなじられんのよ。
「最低なのは、あんたたちでしょ」
　なにもわかってないなんて、当たり前じゃん。
　なにも話さない理由？　知るわけないでしょ。
　だってあいつが……あいつが、なにも言わないんだから。
　あたしからすれば、最低なのは浮気してた元彼と、その浮気相手だよ。
　浜辺さんは頬にのこった涙のあともそのままに、また唇を噛みしめた。
「っていうか、もうどうだっていいでしょ。別れたから関

係ないし。悠里が傷ついてるって言うんなら、あんたがなぐさめてやればいいじゃん」
　胸倉をつかまれたせいで少し乱れたえりもとを直し、あたしは足を踏み出した。
　むしゃくしゃして、仕方がなかった。
　被害者づらって言われて、すごく腹が立った。
「最低同士、お似合いなんじゃないの」
　浜辺さんの横を通りすぎる際、ありったけの悪意を込めてつぶやいた。
　それから振り返ることなく、自分の家へと歩を進める。
　１歩１歩遠ざかるたび、脳内でいく重にもなってリピートされる浜辺さんのせりふ。
『柏木さんは、最低だよ……！』
　たしかに否定なんかできない。
　ひどい言葉だとわかっていながら、浜辺さんを傷つけるために口にするくらいには、あたしだって最低だ。
　でもそうさせたのは、だれ？
　だれもいない家の中に入って、持っていたかばんをばんっと思いきり玄関の床に叩きつけた。
　とくに大きな音が響くわけでもなく、行き場のない怒りがむなしくあたしを支配する。
　……泣くもんか。泣くわけない。
　ぜったい、ぜったいに泣いたりしない。
　もう、泣いてみじめな思いするなんてこりごりなんだ。
　はあっ、と強く息を吐き出して、床で死んだかばんを拾

いあげた。
　かばんについたよごれを取りはらうこともなく、そのまま自分の部屋へと向かう。
　さっき、浜辺さんがあたしにぶつけてきた言葉が、気にならないはずなかった。
　悠里がなにも言わない理由。
　浜辺さんには話して、あたしには隠したままの秘密。
　だけどあたしたちはすでに終わった関係で、もうそれをたずねる勇気どころか、資格すらあたしは持ちあわせていない。
　もうぜんぶが、終わったから。
　もうぜんぶが、手遅れなんだ。
　最後まであたしは、素直になれるかわいい女の子じゃなかった。
　一度だってあたしは、くだらない意地を捨てたりできなかった。
　そんなあたしがたどる先にあったのが……この現状だ。
「……っ、嫌い」
　まるでだだをこねる子どもみたいな、情けない声と言葉だった。
　暗い自分の部屋のドアに背中をあずけ、ズルズルとしゃがみこんだ。
　そのまま組んだ両腕の中に顔を伏せて、小さくうずくまる。
　愛の反対は憎しみではなく無関心だなんて、よく言った

ものだ。
　あいつへの感情が、好きから嫌いに変わることすら……悔しい。
　嫌いになったって、存在が心の中にとどまったままならどうしようもない。
　無関心になるには、どうしたっていままでの距離が近すぎた。
　だから"いま"が終わったいまでも、心は拘束されつづけたまま。
　それでも、あたしは意地をはってあがきつづけるんだろう。
　無意識的な関心を殺して、意識的に無関心をよそおうんだろう。
　だってあたしは、自分の気持ちにも、相手の気持ちにも、立ちむかえない。
「っ、はあ……っ」
　心臓が痛くて、息をするのもいやになってくる。
　怒りで満ちていたはずの心が、ひとりでに悲しみとか苦しみの色にも変化しだすから。
　うずくまったまま、ぎゅう……と腕の部分のブレザーを強くつかんだ。
　そのとき、ほぼ無音の部屋の中で、ポケットに入れていたスマホが振動する小さな音が、ふいに響きだした。
　断続的なバイブ音に身をかたくして、それからゆっくりポケットに指をさしこむ。

取り出したスマホを見てみれば、暗い中発光する画面には、さきほど電話をかけた相手。
「……っ」
　なんで。
　なんで……このタイミングなの。
　着信履歴には残ったはずだから、折り返してくるのは当然だとわかっているけれど、いまこのタイミングで広斗から電話がかかってきた事実が、押しつぶされそうなくらい苦しくて、泣きそうなくらい……うれしいと思えてしまった。
　ふるえそうになる指で画面をタップして、スマホを耳もとに寄せた。
『……もしもし？　莉子？』
　少しして聞こえてきた、広斗の声。
　安心させてくれるような優しい声。
　昔からずっとそうだった。
　広斗はいっつも、優しくてあたたかい声で、あたしの名前を口にするんだ。
　あたしはそれにいつも何度も幸せをもらって、元気をもらって。
　だから……。
「ごめ……広斗、ごめん。部活中、だった？」
　うまく言葉をつむぐことができなくて、弱った心が情けなくすがりたがる。
　助けて、なんて意地でも言えないんだ。

自分の弱いところなんて、自分だけが知っていればいいんだ。
　そう思っているわりに、あたしは強くなれない。
　器用に強がることが、一度だってできたためしがない。
　かと言って素直でかわいい女の子になることだって、もちろんできなくて。
　そんな自分が本気でいやになったのは、本当に最近のことだった。
　だってそれまではずっと、そんなかわいくないあたしのそばにいてくれる、大切な存在があったんだ。
『莉子……？　なにかあった？』
　ねえ。
「なんで……なん、だろ」
　あたし……悠里になにかひどいこと、した？
　いつ？　なんで？　わかんないよ。
　言ってくれなきゃ、わかんないんだよ。
　あたしのなにが……悠里を、突然あんなふうに変えてしまったの？
「あたし……。なにか、まちがったこと、してた……？」
　相手を好きだって気持ちだけじゃ、うまくいかない。
　思い知らされるのは二度目でも、どうしてもすべてがほどけない。
　なにがいけなかった？
　いつ狂_{くる}いはじめた？
　悠里を好きになったことが、いけなかったの？

失恋（しつれん）したあたしを抱きしめてくれた悠里に、あたしはただすがりたくてうなずいた。
　広斗と別れて傷ついていたあたしは、ただそばにいてくれる悠里に甘えただけだった。
　それでもちゃんと、あたしは悠里だけを好きになれたんだよ。
　幼なじみとして、そしてそれ以上に恋人として、ちゃんと恋心が完成されたんだよ。
　なのに、あたしは……あたしたちは、いったいどこでまちがえていたの？
『莉子。ちゃんと顔見て話聞きたいから……いまから、会える？』
　ぜんぜん、わからないよ。
　……わかりたい、んだよ。
　臆病で弱いあたしは、いつも強がりという頼りない壁で、そんな素直な気持ちをばかみたいに覆いかくしていた。
　平気なふりを取りつくろって、心の叫びをなかったことにしてしまっていたんだ。
　そんなんで、まっすぐ相手に気持ちが伝わるはずなんて、なかったのに。
　幼なじみのふたりにすら……あたしの気持ちがすべて届いてるはずなんて、なかったのに……。
　スマホをぎゅっとにぎりしめたあたしは、小さな声で「うん」と電話の相手にうなずいた。

だれもが苦しむ連鎖だったから。

　待ち合わせ場所は、広斗の家についで幼いあたしたちがよく遊んでいた定番スポット、地元の神社だった。
　お父さんに連絡を入れながら、家から徒歩15分程度で着くその場所へと足を運ぶ。
　ここでは３人だけでなく、ほかの友達も入れて大人数で遊ぶことが多かった。
　鬼（おに）ごっこをしたり、かくれんぼをしたり。
　いま考えれば境内（けいだい）に鎮座（ちんざ）した神さまはさぞさわがしい思いをしていただろうけど、子どもの時期だけの無邪気な謳歌（おうか）だからきっと大目に見てくれていただろう。
　古びた鳥居のそば、大きな岩にもたれかかって待っていたあたしの耳に、チリン、と自転車のベルの音が触れた。
　お父さんからの返信が表示されたスマホから顔を上げる。
　自転車を押す待ち人は、目が合うと柔らかくほほ笑んでくれた。
　電話のときよりいくぶんか落ちついたあたしも、あいまいに笑い返す。
「……土曜日ぶり、広斗」
「うん、土曜日ぶり。自転車じゃないんだ？」
「あー……そっか。自転車で来たほうがよかったかも」
　高校に入ってから徒歩と電車がおもな交通手段だったか

ら、忘れていた。
　あたしの言葉に笑った広斗が、自転車のストッパーをかけた。
　それからあたしのとなりに並んで、同じように岩の壁にもたれかかる。
　缶の紅茶を「はい」と渡されて、あたしはおどろきつつ受け取った。
「ありがとう」
「どういたしまして。日が落ちたし寒いでしょ」
「うん。……あったか」
　両手で円柱形のそれを覆えば、冷たかった皮膚の内側にじわじわと熱がしみこんでくる。
　そうして暖をとっていると、同じく缶を手のひらで転がす広斗がこちらを見た。
　あたりが暗くて、おぼろげにしか表情を確認することはできないけれど。
「あのさ。……こんなこと言うの、すげー不謹慎だってわかってるんだけど」
「え？」
「……連絡くれて、うれしかった。ほんと、不謹慎だけど」
　苦笑するように目もとをゆるめた広斗。
　熱を帯びた缶を覆う手のひらに、少し力が加わる。
　優しい声に安堵やうれしさを感じると同時に、脳内で響くあたしの声が"ずるい"と叱りつけた。
　もちろんその対象は、あたし自身だ。

「ごめん、こんなこと言って。……悠里となんか、あった?」
 なにも言葉を繰り出さないあたしをこまらせたと思ったのか、広斗は軽い調子であやまることで区切りをつけて本題に入った。
 あたしは缶の表面を指でなでつけながら、うなずくようにうつむいた。
「うん……。まあ、悠里と別れた、ってだけなんだけど。ほら、なんていうか……心配してくれてたし、話しておかないとって思って」
「……そっか」
 詳しくは、話さなかった。
 詳しくなんて、話せなかった。
 これまで言い訳していたくせに矛盾してるけど、広斗は幼なじみであって……元彼なんだ。
 この現状の構成要素であるひとつを、あの日の不完全な別れの記憶を、見ないふりで付き合っていけるほど、あたしの神経は図太くない。
 それはぜったいに、広斗も同じはずで。
「……莉子が、電話で言ってたのは?」
 それでもあたしを純粋に気遣う、ていねいで優しさに満ちた心への触れ方。
 ブランクのあった関係に壁も生じさせず、透明で素直な感情で接してくれる広斗。
 ごめんね。
 そんな広斗が、あたしは昔から大好きだったんだよ。

……いまでも、好きだ。
　ふたたび恋心になり得なくても、本当に大好きだ。
「もう、いまは大丈夫。さっきは……ちょっと感情が高ぶっちゃって。ほんとにごめん」
　言い訳に似た、下手なはぐらかし。
　なに言ってるんだろう、と自嘲的な笑いがこみあげてきそうになる。
　変わりたい。
　でも、けっきょく変われないね。
　純粋な厚意すら無下にする、かわいくない幼なじみで、ごめん。
　大好きな幼なじみを、一方的に壁でへだててしまうあたしで、ごめん。
　だってあたしなんかが手放しで頼っていいのか、だれに聞かなくたって答えは決まってるんだ。
　それはあたしたちが、どうしたって変わらずあたしたちであるせい。
「付き合わせてごめん……。紅茶、ありがとう」
　最後まで口をつけなかった紅茶。
　いまここでマスクを取るのは、どうしてもはばかられたから。
　広斗があたしの唇の傷に、その意味に気づくほど目ざといか否かは、ほぼ関係なく。
　岩から体を起こして広斗に笑ったら、「……莉子」と広斗が短くあたしの名前を呼んだ。

そのとき、そばを通りすぎた車のヘッドライトが、一瞬だけまぶしくあたしたちの姿を暗闇の中に浮きぼりにした。
　真剣にあたしを見つめていた、広斗の表情。
　とたん、息がつまりそうな閉塞感を、心に抱く。
「……どうしたの？」
　空気が動かない居心地の悪さから逃げるように、問いを投げかけた。
　すると広斗がふっと体の力を抜いたみたいで、かたまっていた空気が動いた。
　そこであたしの心のこわばりも、とけた。
「いや、あのさ」
「ん？」
「……今度、ここでやる秋祭り。いっしょに、行かない？」
「……だれかも、誘って？」
　ひどい切り返しだと自分でも思った。
　けれど広斗は思いのほか平静に「いや」と首を振って。
　暗闇の中でも感じとれるほど真剣に、あたしに視線をぶつけた。
「莉子と、ふたりで行きたい」

　次の日の朝、教室内は騒然としていた。
　注目のさなかにいるのは、昨日のイメチェン姿を今日も継続してくれた久保田さん。
　と言っても、久保田さんはメイクを自分でしたことがな

いそうで、ただ髪を下ろしてコンタクトに変えただけだけれど。
「あ、あれ久保田か……？ すげーかわいくね!?」
「隠れ美人ってやつ？ つーかはじめてちゃんと久保田見たかも」
「いままでの地味さなんだったんだよ……」
　おもに男子が口々に久保田さんに興味を示していて、あたしと朱音はふたりほくそ笑んでいた。
　けれど久保田さんにとっては、この急激な変化はそうとうな負荷となってしまったようで。
　お昼休み、空き教室。
　適当な席についた久保田さんは真っ青な顔をして、頭を抱えていた。
「ややや、やっぱり私なんかがこんな格好してると、調子乗ってると思われるんじゃ……！」
　たしかに変貌をとげた久保田さんは、いっきに注目の的になっていた。
　まあもちろん、それは想定の範囲内なんだけど。
　でも、いままで隅っこで過ごしていた彼女が急に目立ちだすと、反感を覚える女子も出るかもしれない。
　久保田さんの机にすわった朱音は、唇をとがらせてチョココロネの袋をべりっと開けた。
「久保田さん、そーゆーとこだめだめ。堂々としてなきゃ～」
「いや、それはむちゃでしょ。久保田さんの性格から考えて」
　朱音につっこんだつもりだけど、あたしの言葉も久保田

さんに少なからずダメージを与えてしまったらしい。
　ずーんと落ちこんで「ご、ごめんなさい……」と小さくあやまる久保田さん。
「いや、あやまらなくてもいいんだけど。ん～……」
　イメチェンをすすめた理由は、単純にもったいないと思っていたからだけど、それだけじゃない。
　久保田さんの内気な性格に加えて、これまでの垢抜けない格好じゃ、どうしても下に見られてしまうから。
　階段でぶつかられた数日前の件が、いい例だ。
　人間は輝くものを見上げる生きものだ。
　久保田さんはその輝く素質を持っているのに、隠してしまっていたから。
　それが意図的じゃないらしかったから、宝の持ち腐れ(ぐさ)にならないために、あくまでよかれと思って試みた結果なんだけど……
「いきなり性格変えろとは言わないけどさ、もっと自信もっていいんだよ。久保田さんかわいいんだし」
「かっ……かわ」
「それに、あたしたちのそばにいれば、いざってとき女子からも守れるし。安心してよ」
　そう笑いかければ、久保田さんは真っ赤な顔で目をしばたかせた。
　すると、チョココロネを小さな口でほおばった朱音が、しら～っとした目で見てくる。
「女子相手に天然たらし発揮とか……ちょー寒ーい」

……どういう意味だ。

　家の最寄り駅で降りて、朱音と帰り道を歩いている最中。
　スマホがふるえて、メッセージを受け取ったことを知らせた。
　確認してみると、予想どおり差出人は広斗だった。
　内容は……地元の神社で開催される秋祭りの、待ち合わせ場所や時間。
「あ、行くって言ったんだ～？　デートのお誘い」
「ことわる理由も、なかったし。……っていうか、デートじゃないから」
　昨日の夜のことを思い返しながら、広斗への返信を打った。
　デートなんかじゃない。
　あたしたちは恋人でもなければ、恋人になる予定もない。
　ただ、恋人だった過去が、ある。
「いーじゃん、デートにしちゃえばぁ。ふたりきりを前提に誘ってきたってことは、そーゆーことでしょ？」
　口もとに笑みを浮かべて、こてんと小さく首をかしげた朱音を横目に見た。
「あのさ……。あたし、そういうつもりで行くんじゃないから」
「はあ？　ばかじゃないの莉子～。いまさらキヨイ関係で付き合ってけるわけないじゃんかぁ」
「っ……」

思わず奥歯を嚙みしめたのは、決してまちがったことは言われてないからだ。
　過去はなかったことにできない。
　そうしたいと思ってるわけじゃないけど……現在や未来に影響するのは当然で。
　じゃあたしたちはもう、純粋な幼なじみに戻ることなんてできないの？
　どうして、一度でも好きになってしまったんだろう。
　どうして、ずっと幼なじみをつづけることができなかったんだろう。
　友情より恋情(れんじょう)のほうが、男女間に生まれるには自然でふさわしいのかもしれないけれど。
　どうして幼なじみのあたしたちはことごとく、それぞれの相手を、幼なじみ以上に見てしまったんだろう。
「もういいから、広斗くんにしときなよぉ」
「なんで、そんなこと……朱音に言われなくちゃなんないのよ」
「莉子はなんだかんだ、悠里くんのこと忘れられてないんじゃん〜？　あたし言ったでしょ。新しい恋するのが手っ取りばやいってぇ」
　たしかに朱音にそう助言をもらった。
　そしてそのとき、いまさら幼なじみ以外の男子が恋愛対象になり得ないことに気づいた。
　幼い頃から成り立っていた狭い世界を、いまさら広げるのが怖いと、思った。

「莉子の傷を癒せるの、広斗くんだけだろうしー。２年前のことも引っかかってるかもだけどぉ……それもちゃんと理由聞いて、それからまたやりなおせば」
「……広斗を、利用しろってこと？」
　温度の下がったあたしの声色に、朱音がかすかに反応するのがわかった。
　こちらを見た朱音は、はー、とこれ見よがしにため息をついたあと、あきれたように目をすがめて。
「なにそれぇ。莉子、ちょっと偽善者みたいになってない？ そうやって悪い言い方して逃げて、けっきょく現状維持？ いまつらい思いしてるんじゃなかったっけぇ？」
　元彼を忘れられなくて、つらい思いをしてる。
　だからちがうだれかを代わりにして、その恋心を忘れる。
　……それはもうすでに、過去に経験した方法だ。
　あのときは広斗を忘れたい一心で、悠里に想われるがまま受けいれて、そして悠里を好きになった。
　それまで悠里を——絶えず苦しめていただろうことは、張本人としてわかっているつもりで。
　なのに今度は、広斗を代わりにするなんて。
　あたしはそこまでして……この痛みやつらさを、消したいわけじゃない。
　そう説明すると、恋愛を達観した朱音は理解しかねるというように眉間にしわを寄せた。
「だからぁー、それが偽善なんだってあたし言ってんじゃん。広斗くんと悠里くん以外は恋愛対象外なんでしょ？

じゃあ消去法で広斗くんだよ」
「消去法とか……ふざけないでよ」
「ちょーっと努力すれば、またぜったい好きになれるでしょ。初恋の相手だしぃ。そしたらおのずと悠里くんのことも忘れられると思うけどー？」
　本気で、言ってるんだろうか。
　喉もとまでこみあげかけた怒りのような感情は……ふと、消散していった。
　打算的で純粋とは呼べない恋愛。
　そういうたぐいの経験ばかりを、いままで数えきれないくらい、朱音は積んできたから。
　朱音にとってその考え方は、至極妥当なんだろう。
　同情なんてうすっぺらい思いやりを抱いたわけじゃなく、ただ単純に、理解して納得した。
「もう……いいよ。この話やめよ」
　あたしがため息交じりにそう話を切りあげると、朱音はあっさり引きさがった。
　広斗と付き合うなんて、ぜったいにない。
　意図的に恋に落ちるなんて、そんなの広斗にだって失礼だ。
　新しい恋なんかで消失させられるほど、あたしのいまの気持ちはきれいな形をしていない。
　それからはたわいもない話をしていたけれど、別れ際、朱音は真剣な表情で告げた。
「広斗くんと付き合うかは、莉子の勝手だけど……。まち

がっても悠里くんとより戻すなんて、ぜったいに言わないでよね」
　その言葉の意味がわかったのは、少し先のことだった。

　中間テストをのりこえて時は流れ、秋祭り当日になった。
　深く切れて傷ついていた唇も、いまではすっかり完治し、もう胸といっしょに痛むことはない。
　お互いに部活が終わり、あたりがうす暗くなってくる時間帯。
　あたしたちは待ち合わせ場所である神社のそばの小さな公園で落ちあった。
「ごめん。お待たせ」
「いや、俺も少し前に来たとこだから待ってないよ」
　ほほ笑んだ私服姿の広斗を見て、なんだかデートみたいだと思ってしまった自分を、しかりつけるように軽く首を振った。
　脳内で耳鳴りのように響くのは、朱音の放った温度のない言葉の数々。
　利用なんて、しない。
　広斗を幼なじみ以上に見ることなんて、もうない。
　でないとあたしたちはまた、きっと同じまちがいをくり返す。
　幼なじみとしてだれより近い距離で笑いあっていたあたしたちは、きっとお互いを恋愛対象として見ることが、そもそものまちがいだったんだから。

待ち合わせ場所のここからでも、陽気な祭ばやしや楽しげな声が耳を叩く。
　歩いて数分、あたしたちはがやがやとにぎわいはじめた秋祭り会場である神社に着いた。
　境内は人が絶えず行きかい、屋台からは呼びこみや客の声が聞こえてくる。
　ここの秋祭りに参加するのはたしか中学以来だから、この雰囲気がなつかしく感じられた。
　軽くあたりを見わたしてみても、同年代の子があちこちに見受けられる。
　中学のときの知り合いも、少なからずここに来ているだろう。
　もちろんそれも覚悟のうえで、あたしは広斗からの誘いを受けいれた。
「そういえば、莉子、ヘアピンは？」
「え？　あ……うん、持ってきてるよ」
　広斗に問われてどきりとしつつ、あたしはポケットから蝶のヘアピンを取り出した。
　広斗から《当日ヘアピン持ってきてね》とメッセージがきたときは戸惑ったけれど、なにも知らない広斗相手にことわるのもどうかと思って、しばらくぶりにポーチから手に取ったヘアピン。
　少し前からあたしの髪をかざらなくなったその蝶は、屋台の灯りを反射してきらきらと輝いた。
「なつかしいな。小学校低学年の頃は、それがトレードマー

クだったよね」
「あはは、トレードマークだったんだ。っていうか、あたしこれちゃんと似合ってた？」
「もちろん。よく似合ってたよ？」
　笑ってうなずいた広斗は、あたしの手からヘアピンを受け取り、もう一方の手であたしの髪に触れた。
　さら、と自然なふうに耳の上に触れた広斗の手に、心臓が、縮む。
「……これ、母さんがつけてるとき、ずっとうらやましそうにながめてたね」
　あたしの髪に蝶をとめながら、広斗はそう、ささやくように静かにつぶやいた。
　つけやすいようにちょっとうつむいたあたしからは、広斗の表情が確かめられない。
　けれど、なぜか……少しだけもやがかかったような声に感じた。
「し、知ってたんだ、それ」
「そりゃあね。……悠里だって、わかってたしね」
　あたしはアクセサリーに興味をもつほど、おしとやかな女の子じゃなかった。
　かわいい服で着かざるよりも、動きやすい服で走りまわるほうが楽しかった。
　それでも、これだけはちがった。
　この蝶のヘアピンのかつての持ち主は、広斗のお母さん。
　小さなハンドメイドの通販サイトを運営していて、この

ヘアピンも彼女による手づくりだ。
　広斗の家に行くたびあたしたちを出迎えてくれた広斗のお母さんは、父子家庭のあたしにとっても母親のような人だった。
　優しくてあたたかくて、大好きだった。
　そんな人が身に着けているアクセサリーだったから、あたしの目には特別輝いて見えていたんだ。
　だからそんなアクセサリーを、悠里に誕生日プレゼントとしてもらった日。
　悠里と広斗がふたりで遊んでいるのを見ながら、あたしは広斗のお母さんに話しかけた。
『おばちゃん。これ、よかったの？』
『ん？　もちろん。莉子にもらってもらえるなら、私もうれしいわ』
『ほんと？　じゃあ、あたし、毎日つける！　悠里にもそう言ったの！』
『ふふっ、そっかあ』
　優しげにほほ笑んだ広斗のお母さんは、あたしの小さな頭をふわりとなでて。
『悠里は……本当に、莉子のことが好きね』
　それはそれは、うれしそうに。
　心から大切にするみたいに声にのせられたその言葉を、いまでも覚えてる。
　中学であたしと広斗が付き合いはじめたことを知ったときは、……そんなふうに心底うれしそうな表情や声を、彼

女はあたしたちにくれはしなかったのに。
「……ほんとはこれ、俺があげたかったのにな」
 ほとんど独白みたいに、あたしの耳に届いたその声に、ふと意識が引き戻された。
 呼び起こされていたおだやかな記憶が消え去って、周囲のけん騒が息を吹き返す。
「え？」
「よし、できた。こんな感じでいいのかな」
 かばんに入れていた手鏡で確認してみると、右耳の上で蝶が輝いていた。
 久しぶりにあたしの髪にとまった、かわいらしい繊細な蝶。
 あたしはこのヘアピンを、小学4年生までずっとつけていた。
 あたしの母親代わりとも言える人がゆずってくれた、そして悠里が誕生日プレゼントとしてくれた、大切な宝ものだから。
 だけど高校に入ってからこのヘアピンを身につけていた理由は、彼氏である悠里からのプレゼントだから、だった。
『似合わないのつけてるなあ、ってずーっと思ってたんだ』
「……ねえ、ちゃんと似合ってる？」
 ぽつりとこぼしたあたしの声をしっかり拾った広斗は、
「似合ってるよ。昔よりもずっと」と優しい声で迷わず答えてくれた。
「……ありがとう」

本当……ばかだなあ。
　このヘアピンは、あたしにとってすごく大切な宝ものなのに。
　悠里からもらったことを切り捨てたって、変わらず価値のあるものなのに。
　なんでいま、浜辺さんに投げつけられたその言葉を、思い出してしまうんだろう。
　なんで……こんなときに、悲しくなってるんだろう。
　落ちこみそうになる思考を振りはらって、あたしは広斗の腕をつかんだ。
「行こっ、広斗。あたしりんごあめ食べたい」
「いいよ。そういや莉子、金魚すくいも得意だったでしょ。やる？」
「うん！　広斗、どっちが多くとれるか勝負しようよ」
　会話しながら、幼い頃に戻ったみたいだ、と強く思った。
　広斗は本当に……雰囲気も性格も、昔とまったく変わっていないから。
　突然別れを告げられたあの日から、あたしたちの関係がおかしくなっていったのは、事実だけれど。
　それでも、すべてが変わってしまったのは……。
　なにもかもがゆがみきってしまったのは、きっと悠里と、あたしだけだ。
「……あれ、あの屋台って」
　ひと口かじったりんごあめをくるりとまわしたとき、見覚えのある華やかな屋根の屋台が視界に入った。

小中学生くらいの女の子たちが、その周囲に集中している。
　あたしの視線をたどった広斗は「ああ」と思い出したようにうなずいた。
「言ってなかったっけ。母さんも出店してるよ」
「えっ！　そうだったの？　久々に会いたい！」
　あたたかい雰囲気の彼女を思い出して笑顔になったあたしに、ほほ笑み返す広斗。
　そういえば、毎年おばちゃんもここで屋台を出してたっけ。
　この秋祭りに来たのが久しぶりすぎて、忘れていた。
　すべて手づくりのアクセサリーたちはどれもきらきら輝いていて、あたしが小学生の頃から女の子たちに大人気だったのを思い出す。
　それはいまも、少しも変わっていないようだった。
　華やかな屋台に近づけば、商品をながめる女の子たちはみんな、うっとりとあこがれの視線をそそいでいて。
　そんな女の子たちと会話していたおばちゃんは、ふと気づいたように顔を上げた。
　あたしを視界に入れると、ぱあっと目を見開いて表情を明るくさせるおばちゃん。
　そんな彼女に、なつかしくて、くすぐったくなるようなあたたかさを覚える。
「莉子……っ。やだ、すっごく久しぶり！」
「久しぶり、おばちゃん。アクセサリー店、相変わらず女

の子に大人気だね」
「ふふっ、まあね?　莉子たちも見てく?」
　冗談めかしたお誘いに、あたしは「あたしにはもうこれがあるから」と右耳の上で輝く蝶を指さした。
　すると、おばちゃんはこぼれるような笑顔を浮かべる。
「それ……いまでも持ってくれてるのね」
「うん、そりゃあね。おばちゃんがゆずってくれた一点ものだもん」
　だからこの蝶は世界でひとつだけの、あたしにとって大切な宝ものなの。
　……悠里のことがなくたって、変わらず、ずっと。
「なつかしいわ。莉子への誕生日プレゼントに迷ってるって悠里に相談されたから、そのヘアピンを渡してあげたのよ」
　考えた直後、悠里を意識的に思考から切りはなそうとしたタイミングで、おばちゃんの優しい声がその名前を奏でた。
　悠里に、相談されたから……?
　悠里がゆずってほしいって頼んだんじゃなくて?
「じゃあ、ヘアピンを誕生日プレゼントにしたのは……おばちゃんの提案だったってこと?」
「ん?　そういうことね。だって莉子、いつも私がつけてるの見てたじゃない」
　ふふ、とおばちゃんは柔らかな笑い声をもらし、目を細めてあたしを見つめた。

「私がね、莉子にあげたかったのもあるのよ。だから悠里に託したの。……いまでも持っててくれて、本当にうれしいわ」

そう、だったんだ。

……おばちゃんが、あたしにあげたいって思ってくれてたんだ。

子どもながらに"おばちゃんはあたしなんかにゆずってよかったのかな"って思ったこともあったから、長い年数を経て知らされたその事実に、胸があたたかくなった。

だって、おばちゃんにはこの繊細な蝶がとてもよく似合っていたから。

だからこそ、ずっと大事に持っていたんだけど。

「じゃあ、秋祭り楽しんでね」

少し話してから、おばちゃんはそう言ってほほ笑んだ。

うなずこうとしたあたしは、ふと、おばちゃんのその表情に翳りのようなものを感じた。

おばちゃんがあたしに……あたしたちに向ける微笑が、なんだか憂いを帯びているように思えて。

小さな引っかかりはあったものの、あたしは「うん。お店がんばってね」と告げておばちゃんと別れ、それからも広斗とあちこちの屋台をまわった。

けれど……おばちゃんと顔を合わせてから、なんとなく広斗の元気もなくなったような気がして。

きっと、広斗は隠しているつもりなんだろう。

でも取りつくろうことが苦手な広斗の不器用さを知って

る幼なじみのあたしが、ささいな変化でも気づかないはずがない。
　おばちゃんの屋台へ行くまでは……ようすは変わらなかったのに。
　鳥居のそばの岩にすわって、甘いわたがしを口の中でとかしながら、あたしはとなりの広斗に視線を投げかけた。
「広斗」
「ん？」
　名前を呼べば、広斗もこちらを見てほほ笑んでくれる。
　いつもの、広斗。……なんかじゃ、ないよ。
「広斗も楽しんでる？」
「楽しいよ。なんか、昔に戻ったみたいだなって思ってた」
「あはは、うん。……あたしも」
　幼い頃からなじみのある場所で、幼い頃から近い距離にいた広斗と、幼い頃のような時間を過ごす中で。
　何度も何度も、ずっと昔の思い出へと意識をはせていた。
　昔に戻ったみたいだ、って、何度も思っていたんだ。
　ただ——ひとつだけ足りないものがある事実を、のぞいて。
「広斗は……」
　あたしの手もとのわたがしがすべてとけてなくなった頃。
　そろそろ帰ろうかというふうに腰を上げた広斗を見上げながら、あたしはほぼ無意識に言葉をつむいでいた。
「広斗は……昔に戻りたいとか、思ったこと、ある？」

それは、賭け、みたいなものだったかもしれない。
　真実をいまさら知って、どうなるかなんてわからない。
　自分が本当に知りたいと思っているのかもわからない。
　ただこれが皮切りとならなければ、これからずっとわだかまりには背を向けていようと思った。
「……あたしと別れる前に、戻りたいって、思ったことある？」
　もう、戻れない。
　あたしたちが付き合っていた頃にも、もちろん、この問いかけをする前にだって。
　ひどいことを……聞いてしまっているのかもしれない。
　いまの広斗があたしとどういう関係を望んでいるのかはさだかじゃないけれど、でもたしかなのは……その関係は、あたしが望んでいるのとはちがうから。
　広斗は少しだけこちらを振り返った状態で、おだやかだったその瞳をおどろきの色に塗りかえた。
　それから、悲嘆にくれるようにかすかに目を細めて。
　その表情は……おばちゃんとの別れ際に「広斗も楽しんで」と声をかけられたときと、同じように見えた。
「……戻りたい、って思ったって」
　ぽつり、と、雨のようにしめった声が、けん騒から孤立する。
「どれだけ願ったって……どうせ、別れることになるんだよ」
　逆再生される動画みたいに、細い糸をたどってさかの

ほっていく記憶。
 中3だったあの日、あたしに"嫌いになった"と告げた広斗の表情。
 あたしよりずっと、傷ついた顔をしていた理由。
 "幼なじみ"が破綻して、それぞれの……あたしと悠里の関係すらも変わっていく、きっかけになった真実。
「……あたしたち、どうして別れたの?」
 ねえ。
「……好きだって、そういう気持ちだけじゃ、だめだったの?」
 もう臆病になって逃げないから、教えてよ。
 素直に乞うから、もう隠さず打ちあけてよ。
 いまさら知って変わる過去が、ひとつだってありはしなくても。
 その真実に触れた先、あたしが笑顔じゃないとわかっていても。
 それでも、2年越しにほころんだキミの想いを、どうかあたしに見せてほしいんだ。
 いまより幼く不器用なその心に、下手にしまいこんでしまった、大切だったはずの感情を。
 拾いあげて、また大切にすることが、いまでは叶わないのだとしても。
「莉子のためだった、とか……言えるほど、俺は器用じゃないんだ」
 ゆっくりとこちらを振り返って、立ったままあたしに向

きなおる広斗。
　あたしへ向けられた言葉のひとつひとつが、周囲のさわがしさに、のみこまれてしまわないように。
　広斗の姿だけを視界に映して、広斗の声だけに耳をかたむけた。
　そうしないと、ほろほろと指のすきまからこぼれ落ちて失せるんじゃないかと思うくらい、消えいりそうな声音だったから。
「自分の、ためだった。あのときは、あのまま莉子と付き合ってたら、そのうち莉子への気持ちが罪悪感だけになると思ったから」
「……なんで、罪悪感なんて」
　乾いた声だと、思った。
　ずっと心の中でしこりとして残っていたあの日の、広斗の気持ちを……いまこうして聞いていることに、ひどく動悸がする。
　知らず知らずのうちに、膝の上でぐっと強くこぶしをにぎりしめていたらしい。
　広斗はそれを見て、憂うように微笑を刻んだ。
「母さんは……俺たちが付き合ってることをよく思ってなかったんだよ。莉子もたぶん、わかってたでしょ」
　落ちついた広斗の言葉に、あたしは唇を結んであいまいにうなずいた。
　ついさっき目にした、広斗とよく似た柔らかなほほ笑み。
　優しくてあたたかい彼女はきっと、あの頃のあたしたち

の関係を祝福なんてしてくれていなかった。
　そしてそれは……あたしのお父さんも、同じで。
　理由はわからないけれど、彼らはあたしたちが恋人になることを望んでなんていなかったんだ。
　広斗はため息をつくように呼吸し、それから、まるで自嘲するような笑みを落とした。
　その瞳がわずかに揺れているのを、あたしは遠くから見ている気がした。
「……当然、だよ。だれが——血のつながった娘と、再婚(さいこん)相手の息子が付き合うのを、よろこばしいなんて思う？」
　怒りと言うには力なくて、悲しみと言うにはどこか冷静で。
　吐き捨てられたそれはあまりにも、突拍子もなくて。
　……冗談、とあくまで軽くつぶやこうとして、声がぜんぜん出なかった。
　だって、そんなの、意味がわからない。
　意味を理解することすら時間がかかって、意味を理解したあとですら納得なんてできない。
　ねえ……なにそれ、なんの、冗談？
　血のつながった娘？
　再婚相手の、息子？
　……だれに、とっての？
「そん、なの……おかしい」
　不安定にかすれた声が、唇からだらしなく垂れる。
　広斗があたしに落とした言葉を、どうしてもうまく受け

いれることができない。
「意味、わかんない……。そんなの、嘘だ」
　きっと勇気を出して話してくれただろう広斗に、言っていいことじゃないって、わかってる。
　冗談なんて言う場面でもなくて、広斗がそんな人間じゃないってことも……わかってる。
　だけど、なにかのまちがいだと主張せずにはいられなかった。
　だって、おばちゃんは広斗のお母さんで。
　あたしに、お母さんは、いなくて。
　だからおばちゃんは……あたしにとって、母親代わりのような存在で。
　ずっと昔から、知ってる人。
　悠里や広斗と同じくらい、ずっとずっと、ずーっと昔から。
　優しくてあたたかくて、柔らかな雰囲気の……広斗のお母さん。
　その認識を、いきなりくつがえされるなんて。
　そんなのぜんぜん、すんなり受けいれられるような話じゃない。
　おばちゃんが……あたしと血を分けた母親だなんて、どうしても信じられない。
　信じられるはずが、ない。
　だって、だって、だって。
　ありえないよ。

ぜったいに、おかしい。
あたしには、お母さんなんて、いない。
なのにっ……、なんで。
「……莉子、ごめん。ごめん……」
 見開いた目から、広斗を見つめる目から、なんで、涙があふれて止まらないんだろう。
 なんで、あたし、こんなにも悲しんでるんだろう。
 苦しくて、悲しくて、どうしようもないほどに指先がふるえる。
 心に叫ぶ声がない代わりに、どんどん頬を伝い落ちていくぬるい水滴(すいてき)。
 自分がなにに傷ついているのか、まるでわからなかった。
 広斗の後ろで行きかう人たちが、こちらに好奇(こうき)の目を向けながら通りすぎていく。
 はずかしいとか、見られたくないとか、そう思う余裕すらないくらい。
 シャットダウンするんじゃないかってくらい、脳内が重くて。
 心の悲鳴が、音もなく流れていく。
 おえつみたいな息が、不規則にもれる。
 そんなあたしを悔(く)やむように見つめる広斗は、涙をぬぐおうとそっとあたしの頬に手をのばしてきて。
 けれど触れることのないその手に、苦しくなって、あたしはうつむいてぎゅっと目を閉じた。
「場所……変えよう」

静かに砂利のうえに落下した、広斗の落ちついた声。
　優しく手をひかれて、うまく動かない足を無理やりすすめた。
　そのあいだにも、意思とは無関係に涙が瞳からぽろぽろとこぼれる。
　苦しくて、息がしづらい。
　悲しくて、涙があふれる。
　ねえ。
　ねえっ……広斗。
　涙でぼやける視界に映った広斗の背中に、心の中で呼びかける。
「……く、ない、じゃん……っ」
　どうして……あたしが、あたしたちが、こんな思いしてるの？
　広斗の傷ついた表情も、あたしたちの別れも、いまこんな思いをしてるのも。
「ひろ、とは……っ、」
　……だれのせいだと、思ってるの？
「広斗は、なにも……悪く、っないじゃんか……っ」
　ごめんなんて、言わないでよ。
　罪悪感なんて、抱かないでよ。
　見なくたってわかるよ。
　どれだけ近い距離にいたと思ってるの。
　どれだけ、広斗のこと見てたと思ってるの。
　あたしは広斗の、幼なじみだよ。

いまもキミはあの日みたいに、きっと傷ついた表情をしてるんだ。
　あたしの手を優しくつかんでいるその手を、ぐっと引きとめた。
　神社のそばにある雑木林あたりまで来ると、まるで空間が切りはなされたようで。
　楽しげな祭ばやしも、行きかう人たちも、嘘みたいに遠くなる。
「ひろ、とっ……。ねえ、広斗……っ」
　涙声でその背中を呼んだあたしを、振り返った広斗は、苦しげに眉根をよせていて。
「……、っ」
　息をつめる音が聞こえた次の瞬間、逡巡をふりきったように。
　まるであたしの気持ちが、声にしなくても伝わったみたいに。
　目の前のあたたかい腕に、あたしは抱きよせられていた。
　そのとたん、さらに涙があふれた。
　ねえ。
　どうしてこんなにも、不自由な想いだったの。
　あたしたちの恋は、本当にまちがいだったの？
　あたしたちは幼なじみを越えて、純粋にお互いを好きでいられたはずなのに。
　あたしたちより先の過去に、はばまれる運命になることはすでに決まってた。

そんなの、ひどい。
　大人たちの、あたしたちの親のせいなんじゃん。
　あたしたちが……悪いわけじゃなかったのに。
「う……っ、ひっく、っ」
　すがりつくように、あたしも広斗の背中に腕をまわした。
　崩れ落ちそうだったのは、相手に支えを求めたのは、いったいどちらだったのか。
　広斗はあの日も、こんな気持ちだったの？
　なのにあたしは、その心を包むこともできなかったの？
　あたしを嫌いになったわけじゃないことは、わかってた。
　広斗がまだあたしを好きでいてくれてることは……わかってたのに。
　ごめん。ごめん。広斗。
　あやまらなくちゃいけないのは、あたしだったんだ。
　あの日の広斗を、抱きしめることができなかったあたしだ。
　別れてまもなく、あたしが悠里と付き合いだしたことを知って、広斗はどんな気持ちでいたんだろう。
　あたしはいったい、なにをやっていたの？
　大人たちのせいで引きさかれたのだとしても、あの日、キミを引きとめられなかったのはあたしなんだ。
　悠里を選んでしまったのは、あたしだったんだ。
　ああ、最低なのは――。
　ほかでもない、あたしじゃないか。
「……中３の夏に、偶然、知ったんだ」

耳もとでふるえる声に、抱きしめ返す力を強める。
　なにもできないあたしは、せめてもと、広斗の声を体で受けとめた。
「両親がささいな口ゲンカしてて……そのとき、感情的になった父さんが、そのことを口にして」
　自分の妻に、前夫がいること。
　その相手が……あたしのお父さんだってこと。
「……すぐには、信じられなかったけど」
　でも、口論していた両親は、その場にいた広斗を見て。
　ふたりそろって、しまった、なんてあからさまな表情を浮かべた。
「あ、ほんと、なんだ……ってそのときはわりと軽く受けとめてた。そりゃ、びっくりしたけど。……でも」
　毎日あたしと顔を合わせる広斗は、それを知っているという事実で日に日にあたしへの罪悪感をつのらせた。
　知ってしまったことを、忘れることなんてできるはずない。
　でも相手は、なにも知らない。
　親のことも、それを自分が知っているということも、なにも。
　意図せず広斗の胸に巣食うことになった隠しごとを、抱えつづけていくには心苦しさをともなった。
　広斗は優しくて……不器用だから、きっとなおさら。
「ほんとに莉子のこと……好きだった……。好き、だったから……」

「……うん」
「その気持ちが、罪悪感に負けるのが怖くて……逃げ出したんだ」
「うん……っ」
　その弱さも……優しさゆえ。
　広斗は純粋に、あたしを好きでいたいって、そう思ってくれていた。
　あたしは、なんてばかだったんだろう。
　ひとりで傷ついた気でいて、そして、なぐさめてくれる人に抱きしめられるがままで。
　悠里のことも、広斗のことも、これでもかというくらい傷つけて。
　あたしはどうして……自分のことしか、考えてなかったんだろう。
「莉子が、悠里と付き合いだして……ずっと苦しかったけど、それでも少し……ほっとしてた。悠里の気持ちは知ってたし……莉子は俺とじゃ、だめだったから。結ばれたりできないって、思ってたから。莉子が忘れてくれるなら、相手が悠里なら、いいや……っ、て……」
　自分の感情を押しころしてまで、広斗はあたしたちのことを想ってくれていた。
　あたしと悠里は……おばちゃんからも、あたしのお父さんからも、祝福されるような関係だったから。
　あたしと広斗じゃ叶わないような、純粋な恋人になることがゆるされていたから。

最後まで傷つくのが——広斗だけ、だったから。
「——だけど、それでも」
　ずっとずっと、聞きたいと願っていた。
　広斗の口から、広斗の想いを。
　……教えてほしいって、乞うことを何度もあきらめていた、すべてを。
「俺は……」
　月に浮きぼりにされた、雑木林のシルエット。
　ざわざわと不気味に思えるような葉擦れの音が、夜の空気を乱して。
　あたしの肩をつかんで少し体を離した広斗は、暗闇の中でもあたしの瞳を見つけた。
　あたしをまっすぐにとらえて、そして、唇を開く。
「俺は莉子のこと……ずっと、だれよりも、好きでいたんだ」
　……叶うことのない２年越しの本音を、それでも、告げる。

引きさかれる運命だったから。

　あたしのお父さんと、悠里のお父さんは高校時代からの親友だった。
　お互いの子どもが同い年となれば、家族ぐるみの付き合いとして、あたしと悠里が仲よくなるのも必然的で。
　そして……広斗と出逢ったのが、幼稚園に入ってから。
　あたしと悠里が、広斗と仲よくなったのが先だった。
　よく３人で遊ぶようになって、そのうち３家族で付き合いはじめるようになった。
　あたしの中のおばちゃんの記憶が、どこからはじまるかなんて覚えてない。
　広斗と出逢う以前の記憶も、存在するの？
　あたしの、お母さんとしての記憶も、存在するの？
　いつも優しくて、あたたかくて、大好きだった人。
　お母さんのぬくもりを知らないあたしに、ぬくもりをくれた人。
　広斗の……お母さん。
　それが彼女の代名詞だったのに、いまさら、それだけじゃないなんて言うの？

「そこの彼女〜」
　うつむいてとぼとぼと帰路を歩いていたあたしは、背後からの声にはっと意識を引きもどされた。

広斗の『送るよ』という気遣いに首をふって、そのまま別れたあと。
　あたしは15分で家に着くいつもの帰り道ではなく、遠まわりのルートを選んだ。
　２年前の別れの理由をすべて知ってしまったいま、なんだかお父さんとどんな顔で会えばいいのかわからなくて。
　家に帰るのを、少しでも先延ばしにしたかったから。
「キミ、祭りの帰り～？」
「帰んのはやくね？　もうちょっと遊んでこうぜ～？」
　後ろを振り返れば、大学生くらいの男の人がふたり立っていた。
　頭の悪そうな話し方に眉をひそめたとき、かすかなアルコールのにおいが鼻をついた。
　……最悪だ。
　酔っぱらいに絡まれるなら、ちがう道から帰ればよかった。
　選んだルートをすぐに後悔したけれど、時すでに遅し。
　広斗に送ってもらえばよかったとも思ったけれど、それもあとの祭りだ。
　きっとこの人たちも秋祭りに参加していたんだろう。
　小規模なお祭りでもこういうふざけた人が出るんだ、なんて冷静に考える一方で、どくどくと心臓がいやな音をたてはじめた。
　夜道に女ひとり、と酔った男ふたり。
　人どころか車の通りもなく、ついでに住宅も遠い。

どちらかと言えばまちがいなく田舎に分類されるこの地元があたしは嫌いではないけど、ちょっとうらみそうになった。
　……いや、うらむなら人気のない道を選んだ自分だ。
「ねえ〜、なんか言ってよ」
「あ、もしかして俺ら怖がらせてる〜？」
「ぎゃははは！　ごめんって、怖くねえからさあ」
　ムカつく……。
　酔っぱらいなんてまともに相手にしちゃだめだ。
　律儀にことわったって引いてくれるはずがないのはわかっているから、じり、とあたしは少し後退したあと、そのまま駆けだした。
　ふさがれていない帰り道に、前方から声をかけられなくてよかったと心底思った。
「あーっ、逃げた！」
「おーい、待てよ女あ！」
　後ろからなおも頭の悪い声が届いて、追いかけられていることがわかった。
　心臓がはやるうえ、泣きたいせいか、頭がくらくらする。
　小さな頭痛を抱えながら、暗い公道を走った。
「……っ」
　なんで、広斗の厚意を拒否しちゃったんだろう。
　素直に送ってもらえばよかったんだ。
　あたしと広斗の関係に……もう、気まずい半透明の壁なんてなくていいはずなのに。

広斗は望んでいないはずなのに。

なんであたしは、それでも広斗に遠慮してしまったんだろう。

『ずっと、だれよりも、好きでいたんだ』

そんな2年越しの告白のあと、広斗はすぐに『気にしないでいいから』と寂しそうに笑った。

胸が苦しくて声が出なかったから、あたしは泣きはらした目で小さくうなずいた。

本気で願ってるわけじゃない、だけどきっと、そうするべきで。

あたしたちは、ずっと昔から、結ばれる運命なんかじゃなくて。

叶うことのない恋心に、あたしも広斗もとらわれつづけるなんて、出口のない迷路に突き落とされたのと同じこと。

むくわれない感情に苦しめられるのはもう、終わらせたほうがいい。

だからあたしたちは、幼なじみに戻った。

二度と戻れない関係に、それでも戻った。

昔に戻ったように錯覚した時間を過ごして、過去にはびこる真実を知った夜。

狂いはじめる前のあたしたちの関係にまで、リセットをほどこした。

さよなら、はじめて好きになった人。

そう心の中で唱えることで、本当の意味で、広斗という元彼と別れることができたのかもしれない。

最後まで、一度だってごめんと告げることはできなかったけれど。
　広斗がそれを望んでいるとは、とても思えなかったから。
　でも……本当は、伝えたかった。
　ごめんって、ごめんなさいって、あやまりたかった。
　広斗、広斗。……広斗。
　本当に、大好きだったのに。
　戻りたいなんて思わない。
　戻っても意味なんてない。
　なのに、こんなに後悔してしまうから……。
　──ドンッ！
　家までの道を走りながら、考えごとをしてしまっていたから。
　角を曲がってくる彼に気づいた瞬間、止まることもできず、そのまま勢いよくぶつかってしまった。
　衝撃で後ろに倒れそうになったあたしに腕をのばし、とっさに体を支えてくれたその人。
「莉子、なにし……て」
「ひろ、と……っ」
　顔を見上げて、反射的に声にしてしまった名前。
　それはいま頭の中を占めていた、大好きだった人のもので──もちろん、目の前の人ではなくて。
　あたしの腕をつかんだまま、目を見開いている悠里の姿をはっきり脳が認知した瞬間、鈍器で心臓を殴られたかと思った。

「っ……はあ、は、……っ」
　頭が、真っ白になる。
　あたしの乱れた息だけが音になり、夜風にまじって消えていく。
　街灯の真下、お互いの表情がはっきりと確認できる距離で。
　ぼうぜんとした悠里の顔が、視界の中でかすんでいた。
　自分が口にしてしまった名前にもあせったけれど、その直前に、悠里の口から聞いたあたしの名前に、心臓がひきつった。
　なにっ……いま、の……。
　いま……ふつうに、あたしのこと、呼んだ？
　"莉子"って、いつも呼んでいたみたいな、ふつうの声音で……。
「おい、なに逃げてんだよ！」
「俺らと楽しいことしようって言ってんじゃんか～！」
　一瞬にして混沌とした脳内に乱暴に放りこまれた、背後からの声。
　そ……う、だっ。
　あたし、酔っぱらってる人たちから逃げてて……。
　すぐに走ってきたほうを向けば、息が上がった状態で立っている男の人ふたり。
　なんでこの人たち、あたしより走るの遅いの？
　なんて失礼かつのんき極まりないことを考えたとき、前触れなくぐっと腕をひかれた。

それにおどろくより先に、あたしを自分の少し後ろに隠すようにして、悠里は男の人たちと対峙していた。
　腕はまだ、つかまれているままで。
「こいつになんか用？」
　すぐには、理解ができなかった。
　……な、に？
　なにしてんの……？
　いや、悠里がなにをしているかなんて、見ればわかる。
　そういうことじゃ、なくて。
　なんで——。
「は？　なんだよおまえ〜」
「その子の彼氏くんですかあ？」
　最低な別れ方をした元カノを、守るようなこと……するの？
　意味……が、わかんないよ。
　なんで。
　いつだって悠里は、あたしにその心を見せてくれないの？
　同じ幼なじみなのに広斗と正反対で、あたしにはわからない。
　悠里の考えてることが、いつも、ぜんぜんわからないんだよ……っ。
「……はー！　めんどくせっ。もういいわ〜」
「おふたりさんで仲よくしてればあ〜？」
　男の人たちの問いかけに、悠里は決して答えることはな

かった。
　けれどきっと勘ちがいしたであろう彼らは、走ったことで酔いが覚めたのかもしれない。
　思いのほかあっさりと引きさがって、闇夜の中に去っていった。
「…………」
　……悠里。
　その背中に呼びかけたいけれど、呼びかける気になれない。
　戻ら、ないで。
　冷たい悠里に、……戻らないで、よ。
　期待させられた直後に突き落とされるのが、どうしようもなく、怖い。
　あたしの、都合のいい夢なの？
　こんな怖い気持ちにさせるくらいなら、夢なんて見せないでよ……。
　さっきよりもずっと大きく、鼓動が音を刻んだ。
　同時に、心臓をきつくしぼられるような、そんな痛みを覚える。
　だってこれが夢じゃなければきっと、悠里は……。
「……なに、やってんだよ」
　つかまれていた腕は、ぱっとあっけなく放されて。
　振り返ってあたしを射抜いた悠里の瞳は……やっぱり、冷たい色を帯びていた。
　その瞳が一瞬あたしの右耳の上をとらえる。

……以前『捨てろよ』と言われた、悠里からの誕生日プレゼントを。
　足もとが暗いせいなのか、おぼつかない。
　じくりじくりと、じょじょに痛みを増していく胸。
　緊張とか、苦しさとか、"ありがとう"ってちゃんと伝えられない、もどかしさとか。
　そういう感情に襲われてうつむいたあたしは、ぎゅっと目をつぶった。
「……はやく、帰れば」
　悠里からかけられる冷たい声すら現実味がなくて。
　ぎゅっとこぶしをにぎろうとしたけれど、なぜだか力が入らなくて。
　声を出すこともできず、ただ夜の冷気にさらされた肌がこわばっているのを感じる。
　なにも答えないあたしに、はあ、と悠里が不愛想なため息をついた。
　それに心臓がふるえたのを、気づかれてしまわないように隠したとき。
「怖いの？　俺が」
　その冷めた問いかけを耳にして、あたしは思わず顔を上げた。
　目を細めた悠里は、あたしの手に視線を落としていた。
　……そこではじめて、心臓だけじゃなくて、手や体全体がかすかにふるえていることに気づく。
　なんであたし、ふるえてるんだろう。

悠里が怖いから……？
　たしかに、冷たくされることに恐怖心を抱いたけど。
　ひどい別れ方のせいで、悠里を怖いと思っても当然なのかもしれないけど。
　こんな、血の気が引くほど怖い思いをしたのは……悠里のせいじゃないってことはわかる。
　だっていま、泣きそうなんだ。
　苦しさとは裏腹に、安堵とうれしさみたいなものまで、いま、胸を苦しめてるから。
　もしかしたらあたし、さっきの男の人たちに絡まれたことが、思っていたより恐怖だったのかもしれない。
「ち……が、」
　悠里の、せいじゃない。
　むしろ悠里は……助けて、くれた。
　そんな気持ちを込めて首をふったのに、声が喉につっかえてうまく出てくれなかった。
　でも、伝わった？　……ちゃんと、聞こえた？
　熱いのか冷たいのかわからない体温で、あたしは祈りながら悠里を見上げた。
「……あっそ」
　優しくもなんともない声で言って、悠里はあたしのふるえる手をつかんだ。
　触れた手にびっくりして、息が止まる。
　目を見開いたけれど、悠里はそのまま背を向け、あたしの手を引いて暗い中を歩いていく。

「なんで……っ」
　なんで？
　いま向かってるの、悠里が来たほうじゃん。
　なにも言わず帰り道を歩いていく悠里に、あたしはさっきから困惑させられるままで。
　なにを考えてるのかわからなくて、いつもかき乱される。
　思考も、心もすべて。
　こんなに近くにいるのに、悠里の心がどこにも見当たらないから、あたしは身動きがとれないんだ。
「……なん、で、っなの」
「…………」
「なんで、さっき……あたしを助けたのっ」
　声がふるえるのを必死にこらえて、その背中に投げかけた。
　だってもう、こんなに近くで話すことなんてきっとない。
　ねえ……なんでさっき、あたしの名前を呼んだの。
　疑問がとめどなくあふれだしてくる。
　ぽろぽろと消えることなく、心の中に落ちてたまっていく。
　悠里はその中でどれだけの疑問に、言葉を返してくれるの？
「答えて、よ……」
　もうすぐ、家に着いてしまう。
　ふたりきりで歩く時間は、もう残り少ない。
　この時間が終わってしまえばもう、この距離には二度と

戻れない気がした。
　つかまれている手を、逃がしたくなくてにぎり返した。
　それから思いきって立ちどまれば、悠里はあたしに背を向けたまま足を止めた。
「答えて、ってば……っ」
　少しだけだっていいから、その心を見せてよ。
　あたしに、悠里の気持ちを教えてよ。
　それすらも、あたしにはゆるされないの？
　どうしてあたしだけを見なくなったのか。
　どうして突然、変わってしまったのか。
　男の人たちから守ったり、ふるえるあたしの手をとったり。
　さんざんあたしを傷つけたくせに、どうして……優しさと取りちがえてしまいそうなことを、するのか。
　悠里があたしになにも話してくれない理由は、なに……？
「……じゃあ、放っとけばよかった？」
　その冷たい氷みたいな声は、暗い地面に吸いこまれるように落下して、音もなく砕けた。
　心臓をつかまれて、動けなくなる。
　悠里の手をにぎり返す指の、感覚がなくなる。
「おまえ、まだ俺のこと忘れてないとか言わねえよな」
　振り返った悠里の瞳に、あたしの姿なんて少しも映っていなくて。
「幼なじみの義理で助けてやっただけだから。うぬぼれんなよ」

キミはそうやってまた、あたしを突きはなす。
　変わってしまったキミはいつも、あたしを突き落とす。
　——期待させられた直後に突き落とされるのが、どうしようもなく、怖い。
　——あたしの、都合のいい夢なの？
　……あたしはいまでもまだ、悠里のことを。
「……っない」
　思考を遮断するように、声をこぼした。
「あんたのことなんか、もう……なんとも思ってないから」
　それは意地か、本音か。
　あたしにすらわかりえなくて、それでもこの答えが正解だと思った。
　戻りたいなんて思わない。
　戻っても意味なんてない。
　それは悠里とだって……同じことだから。
　あたしはもう、あんたのことなんか、好きじゃない。
　心のうちであばれているなにかの感情をこらえるように唇を噛んで、悠里を見つめた。
　その一瞬、あたしの手をつかむ力が強まる。
　それを感じとったとき、悠里が口もとをゆがめるようにして笑った。
「あっそ、残念」
　いっさいの感情が切り捨てられた声で。
　悠里はあたしの手を、そのままぐいっと強くつかんだ。
「まだ引きずってるとか言われたら、もっとひどいことし

てやったのに」
　——さ、い、てい。
　頭の中にその言葉が浮かぶより先に、あたしの手はほとんど反射のようにばっと悠里の手から逃れていた。
　目を見開いたあたしに、感情の読み取れない瞳を向ける悠里。
　どくどくと、波のように喉もとに迫ってくる激情が、吐息とまざる。
　ぎりぎりまで締めあげられて、途絶えてしまいそうな鼓動。
　信じられない、なんて、どの口が言うんだろう。
　傷つけるためにキスをしてくるような、最低なやつだって、あたしにはもうすでにわかっていたはずなのに。
　だからこそあたしは、何度も傷つけられてきたのに。
「さい、ってい」
　何度、
「あんたみたいなやつ……」
　あと何度、
「好きなんて、思うわけないっ……！」
　何度、傷つけられれば、あたしは理解できるんだろう。
　もう悠里は、恋人だった頃とちがうんだって。
　幼なじみだった頃と、ちがうんだって。
　いつになったらあたしは、希望を捨てることができるんだろう。
　助けられたときうれしいなんて思ってしまったついさっ

きの自分に、自分自身が苦しめられる。
　少しでも期待してしまった自分が、こんなにもみじめでばかばかしくて。
　期待なんてもう、しなければいいんだ。
　無駄になるってわかっているんだから。
　あたしはどうしていまでも、こんな最低なやつにとらわれて——。
『柏木さんは、最低だよ……！』
　ふと耳鳴りのように突きぬけた、いつかの彼女のせりふ。
　涙交じりに、あたしへの憎しみといっしょに投げつけられた言葉。
　なんでよ。
　なんで……あたしが、最低なの。
　あたしが、なにをしたって言うの？
　何度も頭でくり返されるそれに、心臓がきしむみたいな音がして、気づけばあたしは開いた唇から空気を吸いこんでいた。
「……あた、し、なの」
　発した声は、さきほどとは打って変わって力なくふるえた。
「悠里が、変わったの……あたしの、せい、なの」
　だっていまを逃したら、もうきっと聞けないから。
　正直に答えてくれるなんて、思わない。
　だけどもしかしたらっていう気持ちがあって。
　だめだって、何度も言いきかせてるのに。

本当に……ばかな女だ。
　……また性懲りもなく、期待を抱くようなまねをする。
　あたしのふるえた問いかけに、悠里が目を見開くのがわかって、緊張の針が心臓をさした。
「浜辺さんが……っ、言ってたの」
「…………」
「あたしが、悠里を……傷つけてるって……」
　お願い、お願いだから。
　はぐらかさないで、黙らないで、本当のことを教えて。
　いま、この瞬間だけは突きはなさずに、悠里の本当の心を見せて……。
　そう強く心の中で懇願したとき、悠里はまた、ふっとかすかな笑みを浮かべて。
「ああ、」
　その唇で、あたしを傷つけたあのときみたいに。
　その瞳が揺らいで見えたのは、気のせいだっただろうか。
「そっか。――まだなにも、わかってなかったんだ？」
　悠里は泣くように笑って。
　まるで、胸の奥深くをえぐるような声で、そうつぶやいた。

　次の日の午前、約束していた朱音が家にたずねてきた。
　お父さんは日曜日もお昼まで仕事だから、いまは家にいない。
「ん～、おいしっ。莉子のつくったデザート食べるの久々

だ〜」
　あたしの部屋のベッド近くにすわった朱音は、プリンを口に運ぶと顔をほころばせた。
　父子家庭ゆえにひととおりの家事ができるあたしは、中学に入った頃くらいからお菓子をつくったりしていた。
　趣味ってほどでもないから、ひんぱんではないけれど。
「んで？　広斗くんとのデートの感想はぁ？」
「だから、デートじゃ」
「はいはい。どーだったの〜」
　あたしは少しうつむいて、ローテーブルにプリンのカップを置いた。
　昨日の秋祭りのことを思い返せば、真っ先に出てくるのは。
「……楽しかったよ」
「ふーん。そんな顔しといて？」
　スプーンをくわえて、しらっとした目を向けてくる朱音。
　あたしは小さく膝を抱え、そこに顔をうずめるようにしてうつむいた。
「ほんとに……楽しかった。昔に戻ったみたいで」
　あの時間が楽しかったことは、嘘じゃないよ。
　広斗が、昔と変わんなかったから。
　昔とくらべてひとつ足りない存在に喪失感を覚えることも、あまり、なかった。
　膝小僧に重い息を吹きかけたとき、朱音がとなりに移動してくる気配を感じた。

ふわりと、甘い花みたいな香りが鼻に届く。
「だからぁ、なんかあったんでしょ。話してみなよぉ」
「……なんか、最近、優しくない？」
「はあ～？　ケンカ売ってんの？」
　ぐに、ととなりからのびてきた指に頬をつねられた。
　その力がけっこう手加減なしだったから、ちょっと笑えてしまった。
　……いい子なんだよなあ、本当に。
「昨日……聞いたの。２年前、広斗があたしと別れた理由」
　ぽつりとつぶやけば、ぴくっとかすかに朱音が反応したのがわかった。
　ゆっくりと顔を上げて朱音を見れば、その表情は真剣で。
　くっ、と胸が引きつるような感覚がした。
「……あたしんち、お父さんだけじゃん。お母さんはもの心つく前からいなかった、と思うんだけど」
「思うんだけど？」
「っていうか、あたしのお母さんとしての記憶なのかそうじゃないのか、わかんないっていうか」
　意味をわかりかねているようで、朱音が小首をかしげる。
　あたしだって、いまでもわかんないよ。
「あたしのお母さんが……広斗のお父さんと、再婚してたんだって。それがいつのことなのか、ちゃんとわかってないんだけど……」
　事実を口にするのは、想いを吐露するより簡単で。
　だけどまだちゃんと受けとめられているわけじゃない。

ただ、嘘じゃないことはもう、理解しているんだ。
「えーと？　つまりいまの広斗くんのお母さんが、莉子の実のお母さん？」
　不思議そうにたずねてくる朱音に、あたしはこくりとうなずいた。
　突拍子もなくて、現実味もない話だから、にわかに理解することができないのは当然だろう。
「だからあたしと広斗が付き合ってること、はじめからお互いの親によく思われてなかったんだよ」
「じゃあ、広斗くんは親に別れるように言われたから、莉子をフッたってこと？」
「え？　……いや、そうじゃなくて」
「別れろって言われたわけじゃないのに、別れたの？」
　不思議そうだった朱音の表情が、けげんな色に塗りかえられた。
　腑に落ちないというような。
　嫌悪もふくまれているようなその表情に、胸の奥がざわりと波だった。
「じゃあ広斗くんはさぁ、そこまで莉子のこと好きじゃなかったの？」
「なん、で……そんなこと言うの」
「きつい言い方だったぁ？　でも事実じゃん。親に直接反対されたわけじゃないのに、別れる必要なくない？」
「……だって、広斗は、あたしのお母さんが自分の母親になったことに罪悪感があったんだよ」

「なんでそれを莉子に話せないの？ それ、大事なことなんだよねぇ？ なんで莉子と相談せずに、なにも言わず別れようって言ったの？」
「言えるわけ、ないじゃん。広斗は優しくて……不器用だから、ひとりで抱えこんじゃうんだよ」
「は、なにそれ？ 莉子、信用されてなかったってことじゃん」
　なぜかイライラしているようで、だんだん語調が強くなる朱音に、あたしもカッと頭の中心が熱くなった。
　ぜんぜん、わかってないんだ。
　ちがうよ、おかしい。
　まちがってるとは言わないけど、朱音の考えが正しいなんて思えない。
　言い返したい言葉はあるのに、それがうまく声になってくれない。
　話せばちゃんとわかってくれるとは、どうしても思えなかったから。
　だって朱音は、あたしとちがって……。
「…………」
　そうだよ。
　……朱音は、あたしとちがうんだ。
　唇を結んで少しうつむいたら、朱音が薄くため息をついたのがわかった。
　それは、少し感情的になった自分を落ちつかせているみたいだった。

そのあと、ゆっくりとまた口を開く朱音。
「……じゃあさぁ、莉子はいまどう思ってるの？」
「どう、って」
「だからぁ、広斗くんのことぉ。２年前のこと聞いて、より戻したいとか思わなかったの」
　よりを、戻したい？
　そんなこと、思うはずがなかった。
　あたしたちは戻ることはできないし、戻ってはいけないんだって、それはもうわかりきった答えだから。
　それを伝えるために、声に出さず首をふってから……。
　秋祭りの話題を振られてから頭から離れない、暗闇の中で泣いてるみたいなあの瞳が、ずっとじりじりと心の端を焦がしていて。
「昨日……悠里、が」
　あたしは気づけば、つぶやいていた。
　声に出してからはっとしてとなりを見れば、朱音は少し眉根をよせていた。
「……悠里くんが？　昨日、悠里くんとも会ったの？」
　口にするべきじゃ、なかっただろうか。
　そう思ったけど放ってしまった言葉は取り返しようもないので、あたしは広斗と別れてからのことも朱音に打ちあけた。
　男の人に絡まれて、悠里が助けてくれたこと。
　それでも相変わらず、冷たかったこと。
　……最後に見せた、傷ついたような表情、胸をえぐるよ

うな声。
　あたしはあのとき、どうするべきだったの？
　あたしに背を向けて暗闇の中に去っていった、悠里の背中に。
　それでもしがみついて、引きとめればよかったの？
　それを選ばなかったあたしは……広斗のときのように、時間が経ってからまた、後悔にさいなまれるの？
　なにもわからないのに、選択なんてできるわけがないのに。
　それでも、"あのときこうしていれば"なんて、後悔しなければならない日がやってくるの……？
　膝を抱える手をぎゅっとにぎりこんだとき、それまでだまってあたしの話を聞いていた朱音が、またため息をついた。
　今度は、あきれたように。
「……んっとに、意味わかんないんだけど」
　ほそりとつぶやいた朱音の低い声は、となりのあたしにもちゃんと聞こえた。
　意味がわからないのは、あたしだって同意だ。
　だけどどうして、そんなに怒気をはらんでいるのかわからない。
　あたしたちがこじれてから朱音はいつもあきれていたけれど、でも、こんなふうに感情を露骨に出したことはなかったのに。
　最近の朱音は……なんだか、以前とちょっとちがう。

妙に優しく話を聞いてくれたり、こんなふうに負の感情をあらわにしたり。
　以前までなら、『まああたしは部外者だから』なんて他人ごとに思って、そこまで介入してくることはなかったのに。
　中学のときからずっとそんな感じだったから、いまさら友達としての距離が縮まったとか、そういうわけでもないはずだ。
「朱音……？」
　呼びかけると、こちらを見た朱音は、まっすぐあたしをつらぬいた。
「莉子は……悠里くんに、まだ気持ちを揺さぶられてるの？」
　真剣な声音で投げられた問いかけに、とっさにNOを返せるほど、気持ちは落ちついてなんかいなくて。
　ただ、まるで図星を突かれたみたいに、心臓がたしかに反応を示した。
「彼女だった頃から、浮気されてさんざんいやな思いさせられたじゃん？　それでも莉子は、広斗くんじゃなくて、悠里くんに気持ちが行くの」
「……広斗のことは、もう、過去だから」
「悠里くんのことはまだ、過去じゃないんだ」
　確信めいた口調で言われて、あたしは思わず口をつぐんだ。
　そんなあたしのようすに、静かに目を細める朱音。

「……もう、やめときなよぉ。広斗くんも悠里くんも、莉子には合ってない」
　毛先をもてあそびながら、朱音から告げられた言葉。
　それに、あたしたちの過去すら否定されたような気がした。
「ずっといっしょにいたからって、これから先もいっしょなわけじゃないしぃ。莉子、幼なじみに固執しすぎ」
　あたし自身を、否定されているような気がした。
「それに前から思ってたけどぉ、莉子の幼なじみって頼りないっていうか、」
　広斗を、悠里を否定されているような気がした……ううん。
「ふたりとも、意志弱すぎだよね」
　──ぜんぶ、否定されているんだ。
　興味を失ったというように声のトーンを下げて、朱音がつぶやいたとき。
「っ……あたしの幼なじみ、悪く言わないで！」
　あたしは心臓をにぎりつぶされる痛みを覚えて、思わず声を荒らげていた。
　目をしばたたいてあたしを見上げる朱音を、強くにらみつける。
　にぎりしめたこぶしが、怒りでふるえそうだ。
　朱音はおどろいた表情のあと、すぐにあざけるような笑いを落とした。
　まるで、あたしを挑発するみたいに。

「あはっ、なんかそれ安っぽいせりふ〜。事実言っただけなのに」
「っ……朱音は、わかってない」
「わかんないよ。莉子が男を見る目ないんじゃん？　やっぱ幼なじみなんかにとらわれないで、視野広げるべきだよぉ」
「ちがうよ！」
　そんなことを、話してるわけじゃない。
　朱音より狭い世界だってことはわかってる。
　でも、幼なじみに固執してるってわかってても、広げる気になんてならない。
　だって——朱音みたいには、なりたくない。
　感情にのまれたあたしは、ぎゅう、と強くこぶしをにぎりしめて、息を吸いこんでいた。
「朱音にはっ、わかんないでしょ……!?　本気で好きな相手と付き合ったこともない、無意味な疑似恋愛ばっくり返してるからだよ！」
　ずっとずっと、思ってたことだった。
　人の彼氏をとったりしてるわけじゃないから、悪いとは言いきれないのかもしれないけど、でもよしともされないことを朱音はずっとくり返しているから。
　わかってるんだよ。
　朱音が……中学のとき、悩んでたことも。
　本気で好きな相手と付き合ったことが、ないわけじゃないってことも。

ぜんぶ知ってて、なのにあたしは。
　ただ自分の感情にまかせて、容赦なくふりかざしていた。
「ほんとの彼氏も知らないような、かわいそうなあんたに——なにがわかんのよ!!」
　いちばん、投げつけてはいけない言葉を。
　怖いほど的確に彼女を傷つけることになる、見えない凶器を。

つぎはいだ愛しか知らないから。

　とても重く、憂鬱な気分で迎えた次の日、月曜日。
　悠里が浮気しはじめてから、すがすがしいと思える朝なんてめったになかったけれど。
　久しぶりに彼と会ったのは、生徒玄関で靴を履きかえているときだった。
「おはよ、莉子」
　優しい声音に名前を呼ばれ、ぽんと背中を叩かれる。
　靴箱のふたを閉めて振り返れば、そこには広哉先輩が立っていた。
　広斗のことを思い出してどきっとしたけれど、あたしはすぐにほほ笑んだ。
「広哉先輩、おはようございます。ちょっと久しぶりですね」
「うん。莉子、土曜日、広斗と秋祭り行ったんだって？」
「行きました」
　言わなくてもいいかもしれないけど、言ってもいいと思った。
「……２年前にあたしと別れた理由も、聞きました」
　あのとき、広哉くんはすべて知っていて、あたしに『受けとめてやって』とだけ告げた。
　だったら広哉くんだって、きっと複雑だったと思う。
　あたしが放った言葉に目を見開いた広哉先輩は、少し眉をさげて「そっか」と声を落とした。

「莉子はどう思った？　それ、聞いて」
「……苦しかったし、泣きました。広斗が……広斗はなにも悪くないのに、ごめんってあやまってくるから、なおさら」
「広斗のこと、責めてないの？」
「責めるなんか、ありえないです。だれより傷ついたのが広斗だってこと、わかってるから……」

　むしろ、あたしは自分を責めた。
「あたしは……あのとき、自分のことばっか考えてて……」

　悠里の気持ちを知っていた広斗は、当然のようにわかっていたはずだ。

　突然、広斗に別れを告げられて傷ついたあたしが、悠里を選んでしまうことを。

　それでもあたしにすべてを打ちあけるより、すべてを隠して離れることを選んだ。

　自分をも傷つけることになると、わかっていながら。

　そんな優しくて、不器用な彼のことを、だれが責められるだろう。
「最低なのは──あたし、だった」

　うつむいて、消えいりそうな声で話すと、広哉先輩はただあたしの頭をぽんぽんとなでた。
「ごめんね、莉子」
「なんで……広哉先輩まで、あやまるんですか」

　顔を上げて問いかけたあたしに、力なくほほ笑む広哉先輩。

「俺はさ、……広斗とつづいてほしいって思ってたから」
「…………」
　あたしが悠里と別れたことを広哉先輩は知っているのかわからないけど、広斗と秋祭りに行ったということはそういうことだと、きっとわかってるんだろう。
　だからこそいま、あえて、そんなことを言ったんだろうか。
　あたしたちが……あたしと広斗がもう、終わってしまった、いまだから。
「たしかに親の事情があるし、そのせいで親たちからはよく思われてなかったかもしれないけど。それでも本当は、親の反対を押しきって付き合っていけるふたりでいてほしかったんだよ」
「そんなこと……」
「うん……無責任だね。ごめん」
「……あたしは、その覚悟なら、決められたのに」
　ぽろ、と砂くさい生徒玄関の床に、つぶやきが落ちた。
　広斗に言えるはずなかった、本音のかけら。
　お互いの親によく思われなくたって、もし反対されたって。
　説得でもなんでもして、その先も付き合っていけたと思うんだ。
　あたしの未来に、となりで笑ってくれる広斗がいたと思うんだ。
　……広斗が、あたしと同じ気持ちでさえ、いてくれたの

なら。
　あたしの本音を拾った広哉先輩は、「……うん」と静かにうなずいた。
「莉子なら、2年前そう言ってくれると思ってた」
　でも、広斗は、言わせてもくれなかった。
　そんなことは、言えるはずない。
　広斗を責めるなんて、まちがってるから。
「……莉子」
「っ、わかってるよ……。もうぜんぶ、遅い……」
　それでも、思わずにいられないじゃんか。
　過去の選択肢をひとつ変えただけで、いまでもつづいていた幸せがあるはずだったって……。
　過去だから、後悔せずにいられないんだよ。
　いつ消えてくれるかもわからない、苦しみなのに。
　いつまであたしは──幼なじみに、とらわれつづけるんだろう。
「……悠里」
　気づいたように、広哉先輩がふいにその名前を口にして、どく、と鼓動が脈打った。
　反射的に広哉先輩の視線を追いかけてそちらを見れば、いま登校してきたらしい悠里の姿があって。
　あたしと目があった悠里は、視線をそらして、広哉先輩を見た。
「久しぶり、悠里」
　もの腰柔らかにあいさつする広哉先輩に、悠里は「……

どうも」と愛想なく返した。
　正直、びっくりした。
　だって悠里は２年前から、広斗や広哉くんを避けていたから。
　２年前、あたしと広斗が別れた直後、悠里は広斗と大ゲンカをしたらしい。
　といっても、たぶん悠里が一方的に広斗につかみかかったんだろうけれど。
　らしい、というのは、広哉くんから聞いた話だからだ。
　悠里がどうして別れたのか問いつめても、広斗は思いつめたまま口を割らなくて。
　そして広哉くんも、『受けとめてやって』と無責任なひと言を投げただけで。
　そんなふたりと悠里の距離は、それがきっかけで、おどろくほどたやすく広がっていった。
　だから、あいさつを返すなんて思わなかった。
　いままではずっと、話しかけられても無視していたほどなのに。
　とはいえ会話なんてするわけもなく、悠里は靴を履きかえると、そのまま階段のほうへ向かっていった。
　そんな悠里の背中を見送った広哉先輩は、寂しげに笑った。
「莉子もだけど、悠里も敬語つかうようになったね」
「ていうか……悠里が、広哉先輩にあいさつするなんて、思いませんでした」

「ああ、うん……。少し前までは声かけても無視されてたけどね」
　広哉先輩はそう言ったあと、思いつめるような表情を見せた。
　どこか後悔にも似た、やるせなさのにじんだ表情。
　それがなにを意味するのか、あたしにはわからなかったけれど。
「広哉先輩……？」
「……さっき、莉子、最低なのは自分だったって言ったよね」
　広哉先輩はひどく落ちついた声で言って、あたしを見た。
　なにを想っているのかわからないその瞳は、かすかに揺れて。
「だったら……俺も広斗も、最低だ」
「え……？」
　思いがけない言葉に動揺して、声がみっともなくかすれた。
　どういう、意味？
　広哉先輩と広斗が、どうして最低になるの？
　……あたしにはまだ、わからないことが多すぎて。
「俺と広斗の、わがままのせいだった」
　──相手を想って、傷つく理由も。
「広斗が幼い頃に嘘をついて、俺が本当のことを話したから……」
　──相手を想って、傷つける理由も。
「そのせいで……壊すべきじゃなかったものが、壊れた」

だって、ほら。
　目を閉じて受けいれられるほど、あたしたちは大人にはなりきれてなんていなかったから。

『俺と広斗の、わがままのせいだった』
　──あれは、どういう意味だったんだろう。
　壊すべきじゃなかったものって……なに？
　その疑問を口にすることができなかったのは、広哉先輩が思いつめた表情のあと、すぐに切なげにほほ笑んだから。
　また『ごめん』とあやまって、歩いていった広哉先輩。
　それを引きとめられるほど……あたしの心に余裕もなかったから。
　教室に入って、自分の席にかばんを置いた。
　そしてすぐに、朱音のすわっている席へと向かうつもりだった。
　もう一度あやまろうって、思ったから。
　昨日もすぐに我に返ってあやまったけれど、発してしまった言葉は取り返せるわけもない。
　ましてや、傷つけたことはなかったことになんてならない。
　あたしは感情に支配されて、友達にひどいことを言ってしまったんだ。
　朱音がはっきりとものごとを言う性格で、あたしの気持ちを理解できるはずもないって、わかっているつもりだったのに……。

ちゃんともう一度あやまらなくちゃと思って、あたしより前方の彼女の席へと、顔を向けた。
「柏木さん、おはよ〜」
　けれど、あたしの目は彼女ではなく、目の前に立ったクラスメイトたちを映した。
　そのふたりがふだん話すことのない女の子たちだったから、ちょっとおどろく。
　不思議に思いつつも「おはよ」とあいさつを返すと、とたんに目を輝かせてずいと身を乗り出してくるふたり。
「ねえっ、柏木さんも来てたよね？　土曜日にあった秋祭り！」
「え？　……うん、行ったけど」
「それ、私たちも行ってたんだけど！　柏木さんがあのときいっしょにいたのって、もしかして彼氏？」
「ほら、黒髪の優しそうなイケメン！」
　あ……広斗といるところを、見られてたんだ。
　なるほどと彼女たちに話しかけられた理由に納得した一方で、とっさに教室内にいるもうひとりの幼なじみのほうに、意識がいきそうになってしまった。
　もちろんそちらに顔を向けるのは、こらえたけれど。
「いや……ちがうよ。彼氏じゃない」
「えー、ちがうの？」
「男子とふたりきりでお祭りとか行く〜？」
「……幼なじみだから。小さい頃から仲がよかったの」
　あたしがそう話すと、女の子ふたりは目をぱちぱちとし

ばたいた。
「幼なじみ？　……って、桐谷くんもじゃなかった？」
「ああ……うん。ふたり、いるから」
　こそ、と小さな声で聞いてくる彼女たちに、あたしも小さくうなずいた。
　なんだか後ろめたさみたいなものが、胸のうちで生じたとき。
「え～？　ちがうでしょ、莉子ぉ」
　突然聞こえてきた声に、体が凍りつくような感覚がした。
　だってその声が、あきらかに攻撃的だったから。
　そちらに顔を向ければ、あたしより前方の席から、朱音は冷めた表情であたしを見ていた。
　それは昨日あたしが感情にまかせた言葉を放った直後の……朱音のそれと、同じで。
　どくん、どくん、と膨張をくり返す心臓が、いやな音をたてる。
　ちがうって、どういうこと？
　そう問いかけることはしなかった。
　だって、あたしにとっていい答えが返ってくるなんて思えなかったから。
　それでも朱音は、まるであざけるみたいに笑って。
「秋祭りに行ったその人も、悠里くんと同じじゃん？　幼なじみで元彼でしょ？」
　妙に、教室内に響く声だった。
　そのせいで談笑していたクラスメイトたちも、あたした

ちのほうに視線を向けてきて。
　幼なじみであり、元彼。
　どちらの相手にもあてはまる、あたしとの関係。
　まちがったことなんて、言ってない。
「あの人と別れてすぐ悠里くんと付き合いはじめたくせに、悠里くんと別れたらまたすぐもうひとりの幼なじみんとこ行ったよねぇ。あたし、いつも言ってるのにぃ。いい加減、幼なじみばっか振りまわすのやめなよって」
　——頭から冷水をあびせられたような衝撃だった。
　すらすらと朱音の口から飛び出した言葉の端々には、悪意がこもっていたのに。
　それでも否定できなかったのは……ちがわなかったからだ。
　まちがったことなんて、朱音は言ってなかったからだ。
　口を開くことができない。
　にわかには、信じられなかった。
　朱音がこんなふうにあからさまに、あたしをおとしめようとするなんて、信じられなかった。
　朱音はいつもまわりの女の子に興味を示さなかった。
　それはたぶん、あたしに対しても例外じゃなかった。
　たまたま、あたしがそばにいただけで。
　朱音にとってあたしは、ほかの女の子とあまり変わらない存在だと思っていた。
　本当に最近だったんだ。
　朱音があたしに自分から踏みこんで、自分の考えを話す

ようになったなんて。
　悠里が浮気なんてはじめる前は、朱音はあまりあたしに関心がなかったと思う。
　だから……こんなふうに露骨に、相手に悪意をさらけだすことだって、いままでなかったはずなのに。
　ショックで言葉を失うあたしの視界の端で、がたん、とだれかが立ちあがったのがわかった。
「……やめろよ」
　静まり返った教室内で、ふと転がった声。
　鈍(にぶ)くなった頭では、その声の主がだれなのかすぐに理解することはできなかった。
　彼は静かに、けれど怒気をふくんだ声で言って。
　だれから見ても文句なしにかわいい朱音を、にらむように見すえた。
「こいつが、そんなことするわけねえだろ」
　なんで……あたしを、かばうようなこと、言うの？
　あたしはあんたのことを、傷つけてしまったのに。
　涙が出るほど感情的になっているわけじゃなくて、あたしはただぼうぜんと、彼を見るしかできなかった。
「園田……」
　そんなふうに言ってくれる人がいるなんて、思わなかった。
　だけどそんなふうに信じてくれる人がいることに、苦しくなる。
　……あたしがしていることは、朱音の言ったとおりだっ

たんだから。
　そのあとすぐに担任の先生がやってきて、ショートホームルームがはじまったけれど。
　重くなった空気は消えることはなくて、ずっと全体的に静かなままだった。
「柏木」
　ショートホームルームが終わったあと、園田があたしの席まで来た。
　クラスメイトがどことなくこちらに注目するのがわかる。
「その……大丈夫か？」
　気遣うその瞳に、笑わなければ、なんてとっさに思った。
「……さっき、ありがとう。大丈夫だよ」
「でも、なんでおまえ……あんなこと言われて、否定しなかったんだよ？」
「……あはは」
　力なく笑いをこぼして、はぐらかした。
　それが"否定できないから"という意味だと、きっと気づかれると思った。
　けれど教室の端のほうから、女の子たちの会話がぼそぼそと聞こえてきて。
「友永さん、ぜんぜん話したことないけど、あたしほんとに無理になった……」
「私も……。さっきのはちょっと、性格悪すぎだよね……」
「人のこと言う前に、自分の行動を省みろよ……って思っ

ちゃったわ」
「柏木さんがかわいそうだよ……。仲よくしてくれてた子にあんなこと言うなんて、信じらんない」
　悪く言われているのは、あたしじゃなくて……朱音のほうだった。
　思わずそちらを見てしまって、女の子たちと目が合った。
　あたしが口を開く前に、彼女たちは苦笑のようなあいまいな笑みを浮かべた。
　それはまぎれもなく、あたしへの不信ではなく、あわれみをはらんでいた。
　それを目にして、いまにも声に出しそうだったせりふを、ぐっとのみこむ。
　あたし、いま、なんて言おうとしたの？
　――あたしの友達、悪く言わないで？
「……っ」
　唇を噛みしめて、膝の上の手のひらをぎゅっと強くにぎりこんだ。
　ああ、本当だ。
　なんて、安っぽい言葉なんだろう。
　こんな……偽善的な言葉で、守れるはずもないのに。
　朱音のほうを見てみれば、気にしたようすもなく、数学の用意を持ってひとりで教室から出ていった。
　そんな朱音に声をかけようとしたのか、教科書類を抱えて教室の扉まで小走りで向かった久保田さんは、そのあと戸惑ったようにあたしを振り返った。

いつもいっしょに移動してたのに。
そっか……。
こんなに……あっけないものだったんだ。
「……久保田さん、行こっか」
 あたしも数学の用意を持って久保田さんに声をかけると、なぜか彼女がいまにも泣きだしそうな表情をしていた。
 あたしも朱音も、どちらも平気なふりをしているのに。
 ……だからこそ、なのかもしれないけれど。
 本当に久保田さんは、あたしたちとはちがって、純粋だから……。
 久保田さんのその表情に、彼女にはあとで事情をすべて説明しなきゃな、と思った。
 そしてその日をさかいに朱音は、あたしたちと過ごすことはなくなった。

 朱音と話さなくなってから数日が経った、放課後。
「莉子先輩っ、お先に失礼しますね」
「うん、気をつけて」
 制服に着替え終えた後輩たちが、道場に残ったままのあたしに声をかけてくる。
 あいさつを返し、彼女らが帰っていくのを見送ってから、あたしはひとり射位に立った。
 日も落ちはじめたし、あたしも持っている2本を放ったら矢取りに行こう。
 そう決めて、静かに弓構えをとる。

28メートル先の霞的を見すえ、そのままゆっくりと弓を引いた。
　……朱音と話さなくなって、たった数日。
　なのに自分でもおどろくほど、その数日がとても長く感じられる。
　あれから一度も、朱音は部活に顔を出していないし。
　思えばいままで、学校で朱音と言葉を交わさない日なんてなかったんだ。
　そこにいるのが当然だった存在が、突然、消えてしまった喪失感。
　何度も経験したことのあるその感覚は、強くあたしの心を噛むもので。
　あたしはどれだけ、大切な存在を失えばいいんだろう。
　どうしてあたしはいつも、失ってしまうの……？
「……っ、はあ」
　放った矢は２本とも、的からはずれた箇所に突きささった。
　こんな精神状態で、まともな矢を射れるはずがない。
　わかってるのに、それでもあがいてしまうんだ。
　だって……弓を引くことすらままならなくなるなんて、そんな弱い自分になってしまうなんて、ぜったいにいやだから。
　きっかけは広斗に近づきたいからだった。
　だけど、弓道にはいつだってちゃんと真剣に向きあってきたんだ。

なのに、ほかでもない自分の感情のせいで射がゆらいでしまうことが、悔しくて仕方なかった。
　だからと言って、こんな状態で練習をつづけても改善されやしないこと、頭ではわかってるのに……。
　気落ちしながら片づけを済ませたあと、袴を着替えるため更衣室に入れば、制服のそばに置いていたスマホの通知ランプがちかちかと光っていた。
　ホームボタンを押すと、すぐに画面に表示されたメッセージ。
《体育館裏に来て》
　その本文の送り主は、数日間、口を利いていなかった彼女で。
　目を見開いて、すぐにメッセージ画面をまた確認した。
　メッセージが送られてきたのは、つい数分前だった。
　どくどくと、はやがねのように鳴りはじめる心臓。
　なんで……っ。
　どうして、いきなり？
　疑問が浮かんだけれど、思いがけず彼女から与えられた機会に、深く考える暇なんてなかった。
　あたしは袴姿のまま、スマホをにぎりしめて更衣室を飛び出した。
　あたしと話がしたいって、仲直りがしたいって、そう思ってくれたの？
　臆病で、ごめん。
　もっとはやく、あたしからメッセージを送ればよかった

んだ。
　ごめんって、自分の気持ちをちゃんと伝えられたらよかったんだ。
　ねえ。
　そうしたら、朱音も応えてくれた……？
　足袋のままローファーに足を突っこんで、向かった体育館裏。
　あたしの予想がまったくの見当ちがいだったと思い知るのは。
　――そこによく見知った男女を見つける、次の瞬間のこと。
「……ねえ、」
　だれかに話しかける、朱音の甘い声が聞こえてくる。
　あたしはとっさに足を止めて、体育館の陰から声がしたほうをうかがった。
　体育館裏にいたのは、朱音だけじゃなかった。
　彼女のそばに立っているのは、予想もしていなかった人物の背中。
　目を、みはった。
「この前、もう莉子と話さないでよって言ったじゃん」
　息が、止まった。
「やっと別れてくれたって思ってたのにぃ。……そんな中途半端じゃだめだよ、悠里くん」
　その名前をつむぐ彼女の声は、毒がふくまれているんじゃないかと思うほど甘い響きをともなって。

「これ以上……莉子に、優しくしないでよ」
　するりと、彼女の細い両腕が、彼の首にまわされた。
「……優しくなんか、してねえよ」
「ほんとに？　……なら、いんだけどぉ」
　彼の顔を見上げる彼女の表情は、逆光であたしの目には映らない。
　だから彼女にはあたしの姿が見えているのか、わからないけれど。
「でも、莉子ってば幼なじみに固執しすぎなんだもん」
「…………」
「もっとちゃんと傷つかなきゃ……あきらめなんて、つかないんだよ」
　言葉尻で、つま先立ちした彼女が、無抵抗な彼をぐっと引きよせて。
　――夕日に照らされたふたりのシルエットが、ひとつになった。
　あたしは目を見開いて、呼吸を止めたまま。
　脳すらも、正常に機能することを放棄していて。
　いま、あたしはなにを見ているの？
　目の前の光景が信じられなくて、信じたくなんてなくて。
　だって……こんなの、ありえるはずがないのに。
　平静を保てない中、耳もとによみがえってくるのは、いままでの朱音の言葉。
『もういいじゃん。悠里くんと別れなよぉ』
　つらい思いをしているあたしを見かねて、別れることを

提案してきた朱音。
　それは、あたしのための助言だとばかり思っていた。
『彼女に目ぇ向けない彼氏よりいーでしょ。これから世界広げてきなよぉ』
　恋を忘れるためには、新しい恋だって。
　広斗のことを、また好きになればいいんだって。
　悠里をあきらめたかったあたしに、何度もアドバイスしてくれた。
　無神経な発言に怒ったりもしたけど、あたしはいつも相談にのってくれる朱音のことを、ひそかに心強く思っていたのに。
　なのに……。
『まちがっても悠里くんとより戻すなんて、ぜったいに言わないでよね』
　あのせりふは、あたしがこれ以上つらい思いをしないように言ってくれたわけじゃなくて。
　……あきらめの悪いあたしに対する、けん制だったの？
「……っ」
　そんなこと、ちっとも知らなかった。
　そんなの、わかるはずもない。
　だって、朱音はそんなそぶり、いままで一度だって見せたことなかったじゃん。
　でも、いまあたしが目にしているのはどこまでも残酷で、まぎれもない現実。
　ああ……そうか。

そう、だったんだ。
あいつがまだあたしの彼氏だった頃から、あたしの親友は……。
根が張って止まったままだった足をどうにか動かし、逃げるようにそこから立ち去った。
胸が苦しいのは、息を忘れていたから？
引き返した、弓道場の更衣室の前。
ガクン、と脚が限界を迎えて、脱力するみたいにその場に崩れ落ちる。
「……う、っあ」
とたん。
涙が、あふれだして止まらなかった。

Last Tears
「好きだったよ、」

べつに嫌いじゃなかったよ。

　泣いたうえに寝不足で迎えた次の日の朝は、昨日よりもひどいものだった。
　朝食をつくりながら気分が悪くなって、お父さんにひどく心配されてしまった。
『つくるの代わるから』とか『今日は学校休め』とか言われた気がするけど、なぜか強がって首を振った記憶がある。
　けっきょく、お父さんが心配顔のまま家を出てからも体調はすぐれなくて、朝食は食べずに学校へ向かった。
「しんど……」
　自分の席にかばんを置いて、そのままイスに座りこんだあたしは、ついぽろっと独り言をつぶやいた。
　小さな声だったから、たぶんだれにも聞こえてないはず。
　やっぱ、休んだほうがよかったかな。
　いや……でも、そしたら久保田さんがひとりになっちゃうし。
　以前まで久保田さんはひとりで過ごしていたけど、まだ３人でお昼を過ごしていた頃、『ふたりと仲よくなれてよかった』って笑っていたから、きっと本当は寂しかったんだと思う。
　あたしたちと案外すんなりうちとけてくれて、おだやかな笑顔で笑ってくれる彼女は、いまではあたしと朱音に癒しを与えてくれる存在だ。

……朱音は、もう、いっしょにはいないけれど。
　机の上に肘をつき、その腕で、鉛でも埋めこまれたんじゃないかってくらい重い頭を支えた。
　はあ……と唇からもれたため息も、とても重い。
　だめだ……。
　いまでも心がずっとキリキリとした苦しさを訴えてくるし、寝不足のせいで、吐き気をともなった気持ち悪さを感じる。
　２時間目くらいまで寝ちゃえば、体調のほうは少しは回復するかな。
　……そういえば今日は体育もあるし、最悪。
　今日も外でサッカーだからまた体育委員が片づけなきゃ……なんてさらに憂鬱になっていると、「ねえ」と頭上から声がふってきた。
　甘いわたがしみたいなそれがだれの声か、鈍い頭で理解した頃、もう一度「ねえ、柏木さん」と今度は名前も添えて呼ばれる。
　またため息をつきたくなるのをこらえ、ゆっくりと顔を上げると、目の前には浜辺さんが立っていた。
　そ……う、いえば。
　昨日は悠里と朱音のことばかり考えて寝つけなかったけれど……浜辺さんは……？
　ぽうっと考えながら見上げていると、浜辺さんはあたしから視線をそらし、ほんの少しばつが悪そうに口を開いた。
「ちょっと……聞きたいこと、あるの」

「え……いま？」
「そう。……ついてきてよ」
　頼む側にしては強引っていうか、だいぶ一方的だ。
　元彼の浮気相手だったうえ、寝不足で体調が悪いのも手伝ってイライラが芽生えてくる。
　けれどすでに扉のほうへ歩きだした彼女に、あたしは怒りを覚えつつも、仕方なく席を立った。
　浜辺さんについていった先は、教室の近くにある講義室だった。
　鍵のかかっていないそこに入るよううながされ、中で浜辺さんと向かいあう。
　話なら、座ってもいいじゃん……。
　と言いたくなったけど、気楽な内容ではないだろうことは推測できるから、大人しく「聞きたいことってなに」と問いかけた。
　口調に多少のとげがまじったのは、不可抗力だ。
　すると浜辺さんは腕に手をやって、わずかにさまよわせていた視線を床に落として。
「いま、柏木さんは……園田くんと付き合ってる、の？」
「は？」
　なに……その質問。
　そんなこと聞いてどうしたいわけ？
　悠里とあたしはもう切れてるんだから、あたしのことなんて、いまさらどうだっていいでしょ……。
　っていうか……あんたこそ、悠里とはどうなったのよ。

「っ……」

　立っているせいでじょじょにくらくらしだして、視界がかすむのを感じた。

　目の前の浜辺さんを見ているはずなのに、白く塗りつぶされていくような、脳が視覚情報を処理しきれていないみたいな。

「つき、あって……ない」

「……じゃあ、なんで、もうひとりの幼なじみと付き合ってないの」

「は……」

「昨日の……友永さんの言ったこと、聞いてたの。もうひとりの幼なじみと、いま付き合ってはいないの？」

「……なん、」

　なんで、あんたにそんなこと聞かれなくちゃいけないの。

　そう言いたかったけれど、それより先に体がもたなかった。

　均衡を失った体がぐらっとよろけて、とっさにそばにあった机に手をつく。

　ガタンッと音が響いて、浜辺さんがびくっと肩を跳ねさせるのが視界の端に見えた。

「え……えっ!?　か、柏木さん……!?」

「っ、は……」

　全身が冷や汗で包まれて、もうなにがなんだかわからない。

　そのまま、耐えきれずずるりとその場に座りこんだ。

「なっ、なに……？　ちょっと、ど、どうしたのっ？」
　あわててそばに寄ってきた浜辺さんが、あたしの背中に触れてくる。
　答えることもおっくうで、ぱちぱちはじける視界をふさぎたくて、瞼をぎゅっと閉じた。
　浜辺さんの声が、すぐ近くから聞こえるのに、どこか遠い。
「ちょ、っと、ちょっと待ってて！　だれか、呼んでくるから……っ」
　あせった声でそれだけ言って、浜辺さんは講義室を飛び出していったようだった。
　座っていれば回復すると思っていたのに。
　目を閉じているせいか、意識が否応なしに吸いこまれるような感覚が襲ってくる。
　どんどん遠のいていく意識の中。
　廊下から聞こえてくる浜辺さんの声といっしょに耳をかすめた、彼の低い声に——いっきに体が安心してしまったのか。
　ふっと、そこで記憶は途絶えていた。

　ゆっくりと、瞼を持ちあげる。
　視界に映りこんできたのは天井と、かたわらに立った、ジャージ姿の浜辺さんだった。
　いまあたしが寝てるのは……保健室のベッドか、とぼんやりとした頭で理解する。

「あ、柏木さん……。起きた?」
「……うん。いま、何時間目?」
　たずねながら起きあがると、朝より体がだいぶ楽になっていた。
　頭も重くないし、感じていた吐き気も消えている。
　いつもはちゃんと睡眠をとってるから、寝不足だとこんなに体調が悪くなるなんて思わなかった……。
　これからは気をつけなきゃ。
　と言っても、寝不足になったのはあたしのせいじゃないんだけど。
「3時間目、終わったとこだよ。体育の帰りだから」
　そっか……そんな時間まで眠ってたんだ。
　体育委員の片づけは、もしかして園田がぜんぶやってくれたのかな。
　ひとりでやらせちゃったんだとしたら、申し訳ない。
　あとで園田にあやまっておかなきゃ……。
　そんなことを考えていると、浜辺さんは言い出しにくそうに口を動かした。
「柏木さん。その……気づかなくて、ごめんなさい。体調が悪いって」
「……ほんとだよ。ふつう気づくでしょ」
「余裕、なかったから……ごめんなさい」
　そういえば、倒れる前、なんの話してたんだっけ……。
　なんか、思ったよりくだらないことだった気がする。
　ああ、そうだ。

たしか、あたしが園田や、広斗と付き合ってはないのかって聞かれて……。
　あたし、ちゃんと否定したよね？
　頭がぐらぐらして、それどころじゃなかったけど。
　それで、立っていられなくなって、座りこんじゃって。
　そこまで考えて、あたしはぼうぜんとした気持ちで浜辺さんを見上げた。
「あたしを、ここまで、運んだのって……」
　もしかして。
　シーツの上に置いた指先が、わずかにふるえそうになった。
　だって、あのとき聞こえた声を、はっきり覚えてるんだ。
　廊下から聞こえてきた、浜辺さんともうひとりの声。
　なんでよりによってそいつを呼ぶのって、思ったはずなのに、あたしは安心したように気を失っていた。
「柏木さんを運んでくれたのは、」
「い、いいから……！」
　聞いたのはあたしなのに、答えかけた浜辺さんの声をとっさにさえぎってしまった。
　突然のことに、大きな瞳がおどろきを表してあたしを見つめてくる。
　わかっているから、聞きたくないと思った。
「言わないで、いいから……」
　かすれた声を落とすと、浜辺さんは見開いていた瞳を少しだけ細めて。

「柏木さん……どうしてそんな、泣きそうな顔、してるの」
「っ、……」
　ひどい表情をしてることは自覚しているから、そっと顔を伏せた。
　ぎゅっと、指先でシーツをつかむ。
　顔が、熱い。
　ううん、顔どころか、体全体が熱をもってる。
　体調は回復したはずなのに、胸あたりが苦しくて苦しくて。
　もう関係を終わらせたやつに、心を揺さぶられるなんていやなのに。
　いまだに惑(まど)わされるなんて、嘘だと思いたいのに。
　いまでも、まだ。
「……あたし、ね。……ちょっと前に、フラれたんだ」
　キシ、と音が鳴った。
　ベッドのそばのパイプイスにすわった浜辺さんは、どこか他人ごとみたいな響きで、そうつぶやいた。
　だれに、なんて、聞かなくたって当然わかる。
「付き合っても……なかったけど。もともと玉砕(ぎょくさい)の覚悟で、告白したの。柏木さんと付き合ってるときだったから」
　付き合いたいとか、思っていたわけじゃなくて。
　ただつのった想いを、どうしても相手に打ちあけたかっただけ。
　そう話す浜辺さんの横顔は切なくて、とがめる気なんてとても起こらなかった。

「その日、悠里くんは日直で……。いつも友達といたから、お昼休みに職員室からひとりで戻ってきたタイミングをみて告白しようって、前の日から思ってて」
　悠里が、日直だった日。
　それはちょうど、悠里が変わってしまった日。
　……浜辺さんの告白が、原因だった、ってことなの？
「だけど、職員室から戻ってきた悠里くんは、ようすがおかしかったの」
　え、と声が出そうになった。
　意味もわからないのに、心臓が締めつけられる。
　あの日、悠里がなにを考えていたのか、なにもわからないのに。
「どこか、うつろな感じっていうか……。なにかを考えこんでるようにも、見えたんだけど」
　悠里のようすが少し気になりつつも、浜辺さんは告白した。
　人通りのない、２階への踊り場で。
　するとしばらくして返ってきた言葉は、思いがけないものだった。
「『いいよ』って……言われたの。すぐ理解できなくて、聞き返したら」
　すごく、苦しそうに。
　見てるこっちまで泣きそうになるくらい、つらそうに、笑って。
「『俺に、莉子のことあきらめさせてくれるんなら』って、

そう、言われたの」
　浜辺さんの話に、あたしは言葉を失うしかなかった。
　あの日、浜辺さんとデートの約束をしていた悠里。
　あのとき……悠里は、あたしをあきらめようと、していた？
　あのとき、だけじゃなくて、あのときから……ずっと？
　なんで。
　そんなの、理解できない。
　どういう、ことなの？
　ただひとつ、浜辺さんの話を聞いて、わかることは……。
『……なんだよ』
　あの日、冷たい瞳で、あたしを見下ろしていた悠里は。
『おまえ部活あんだろ。はやく行けよ』
　突きはなすように言って、あたしの手を振りほどいた悠里は。
『さあ、知らね。いんじゃねーの？』
　彼女を置いてほかの女の子と去っていった、あの日の最低な彼氏は。
　あの日をさかいに、変わってしまった悠里は……。
　あたしのことを、ちゃんと、好きでいたの——……？
「……き、なら、どうして」
　好きなら、どうして。
　あたしも好きだったのに、両想いだったのに、どうして。
　あたしのことをあきらめようなんて、思ったの。
　どうしてそんな、お互いに苦しいほうを、選んでしまっ

たの？
　心臓がどくどくと強く鳴り響く。
　唇を噛みしめても、行き場のない想いは心のうちにとどまったままで。
「あたし……柏木さんは、悠里くんのこと好きじゃないんだって思ってたんだ」
　ふいに落とされた声に、あたしはそばにいる彼女を見つめた。
　声を出す、余裕もなく。
「だから、悠里くんは柏木さんをあきらめようとしてるんだって……。あたし、柏木さんのこと、ゆるせなかった。自分だけが被害者みたいな、顔して……柏木さんを想ってる悠里くんのこと、フッたんだって……」
　そっか……だから。
　あたしたちが別れた次の日、家の近くで会った浜辺さんは、あたしにあんなふうに怒鳴ったんだ。
『なんで、柏木さんなのか、わかんない……っ』
『なんで柏木さんは、悠里くんを傷つけることしかっ、できないの!?』
　それは、つまり……。
　あたしたちが別れたときもまだ……悠里は、あたしのことを、好きだったってこと……？
　でも……それじゃあ、悠里と朱音はいつから……。
「……でも、やっぱり、柏木さんは悠里くんのこと好きだったんだ」

こちらを向いた浜辺さんは、くしゃ、と目の上で切りそろえられた自分の前髪をつかんで、悔やむように口もとをゆがめた。
　……悔やむように、じゃない。
　自分のしたことを、きっと、悔やんでるんだと思った。
「ごめん、なさい。あたし、ひどいこと……たくさんした」
「……うん」
「悠里くんをうばおうとして、柏木さんを傷つけて……っほんとに、最低なことばかり、ごめんなさい……っ」
　自分のしていることが悪いことだって、ちゃんとわかってた。
　時間が経つにつれ、自分は最低だって、何度も自分を責めるようになった。
　浮気相手なんて、なるつもりはなかったんだ。
　だけど、彼が自分を、少しでも望んでくれるなら、それに応えたいって思ってしまった。
　少しずつ涙ぐみながら話した浜辺さんは、ぼろぼろと涙をこぼしはじめて。
「ほんとに、好きっ……だったの。告白だけできればいいって思ってたのに、どうしてもそばにいたいって、望むようになっちゃった。『おまえのこと好きになれたらよかった』って、フラれるときにあやまられて、すごく苦しかった……っ」
　……あたしも、相当お人よしなのかもしれない。
　だけどやっぱり、一途に悠里を想っていた浜辺さんは、

とてもかわいい女の子だった。
　やっぱり――かなわない、のかもしれない。
「もう、泣かないでよ」
「うっ、ごめ……っなさ」
　その涙が、どうしようもなく、きれいだと思えてしまったから。
「ほら……もう、いいから。もうすぐチャイムも鳴るだろうし」
　スカートのポケットに入れていたスマホを確認すれば、本鈴（ほんれい）まで１分を切っていた。
　あ……これ、もう遅刻（ちこく）確実じゃん。
　授業がはじまってから戻るのも面倒だな……。
　浜辺さんに視線を戻すと、彼女は小さくおえつしながら、涙にぬれた目もとをぬぐっていた。
　何度もこすっているからか、少し赤くなってる。
「浜辺さん。そんな顔じゃ、教室戻れないでしょ」
「ぐす、っ……うん」
「あと１時間くらいさぼれば？　あたしもいまから教室に戻るのだるいし」
　あたしが提案すると、浜辺さんはなにも言わずにこくんとうなずいた。
　それから、涙を浮かべた瞳であたしをうかがうように見てくる。
「ここに、いて……いい、の……？」
「それは浜辺さんの勝手でしょ」

あたしの言葉に、下げた眉を寄せて、また泣きだしそうな表情を浮かべた浜辺さん。
　泣かせるつもりは、なかったんだけど……。
　もしかして冷たい返答だった？と思いきや、涙声で「ありがとう」とお礼を言われてしまった。
「なんでありがとう……？」
「かし、わぎさんって……もっと、ひどい人なのかって、思ってた」
「いや、その発言のほうがひどいから。たしかによく冷めてるように見えるって言われるけど」
「っ、だって……ふつう、元彼が浮気してた相手に、そんな優しくなんてできないよ……っ」
　尻すぼみになった彼女の言葉に、あたしも心のうちで同感はした。
　自分でも、お人よしだなって思ったもん。
　だけど、それは仕方ないのかもしれない。
　だって浜辺さん……ちょっと、似てるんだよね。
「あー……あたしと悠里、幼なじみって知ってるでしょ。あいつ、あたしが泣いてるときに優しくしてくれたことなんか、めったになかったんだよ。そんな優しくない幼なじみがいたら、あたしは泣いてる女の子に優しくしなきゃって思うようになるじゃん」
「……そういう、ものなの……？」
「そういうもんだよ。あたしの場合はね」
　幼い頃から、わりと女の子には甘かったんだよね。

なんて、ちょっと冗談ぽく言ってみれば、浜辺さんは涙をためた瞳で小さく笑ってくれた。
「それに、べつに嫌いじゃないよ。浜辺さんのこと」
「え……」
「そりゃムカついたことはあるけど。もし友達だったら、けっこう好きになれたかもね」
　ちょっと、無神経なところも。
　自分がかわいいって自覚してるだろうところも。
　泣き顔がかわいくて、つい守ってあげなきゃって思っちゃいそうになるところも。
　あたしの……親友だった女の子に、浜辺さんはちょっとだけ似てるんだよ……。
「……だからさ、友達。なってみる？」
　そんな彼女たちとは正反対で、あたしは……どこまでもかわいくないけれど。
　だけど人を嫌って憎むのとか、苦手なんだ。
　それもきっと、意外と性根のいい幼なじみが、幼い頃からずっとあたしのそばにいたせいだね……。

　４時間目が終わるチャイムを聞いてから、浜辺さんと教室に戻った。
　あれから浜辺さんとは、ごくごくたわいない話をしていた。
　少しだけ悠里のことを話したりもしたけれど、やっぱりお互いに気が引ける話題だったから、自然とその名前を出

すのは避けていた。
　それに……あたしは、思い出したくなかったから。
　悠里の名前を聞くと必然的に朱音のことも考えてしまうから、あえてほかのクラスメイトや先生のことなんかの、とりとめのない話題ばかりあげていた。
　浜辺さんはふつうに話しやすくて、あっという間に1時間が経過していて。
　友達としてなら、やっぱり楽しく付き合える子だと思った。
「柏木さんっ。体調、大丈夫なの？」
　教室に戻れば、真っ先に気づいて駆けよってくれた久保田さん。
　心配げな表情で手をとられ、あたしは安心させるようにほほ笑んでうなずいた。
「うん。もう大丈夫だよ」
「そっか、よかった……！　体育の帰りに私もようすを見に行ったんだけど、浜辺さんが『柏木さんと話がしたいから』って言ってて。……お話、できた？」
　久保田さんも、保健室に来てくれてたんだ。
　いきなり倒れたんだから、そりゃ心配かけちゃったよね。
　あたしはもう一度うなずいて、久保田さんに「ありがとう」とお礼を言った。
　それからあたしたちは、いつもの空き教室でふたりでお昼を過ごした。
「そういえば、体育の片づけって園田ひとりがやってくれ

たのかな。知ってる？」
「えっ？　あ、ああ……私、お手伝いしたよ」
「あ、久保田さんが引きうけてくれたの？　ごめんね、ありがとう」
「ううんっ。ぜんぜん、かまわないよ」
　サンドイッチを持っていないほうの手をふって、ふわりと笑顔を見せる久保田さん。
　けれど、なんだかその表情がぎこちないように思えて。
　そんなあたしの思考に気づいたのか、久保田さんはちょっとだけ複雑そうな表情に変わった。
「あ、あのね。……友永さんも、手伝って、くれたの……」
「え？　……朱音、が？」
　予想もしていなかった名前が出てきて、意表をつかれた。
　危うく声がひっくり返りそうになって、ごまかすようにペットボトルに手をのばす。
「友永さんが『手伝うよ』って言ってくれて……。あまり、お話はできなかったんだけど」
「……そ、っか。まあ、久保田さんだったからじゃない？　こじれたのはあたしと朱音の仲だけだから、朱音はいまでも久保田さんのこと友達だと思ってるよ」
　それが、ごく自然な考え方に思えた。
　あたしといっしょにいるから久保田さんのことまで嫌うなんて、朱音はそんな子じゃない。
　あたしがいなければ、久保田さんとふつうにかかわることもできるんだろう。

いっしょに帰っていたときも、朱音はよく久保田さんの話題を出していたから。
 朱音にとって久保田さんは、いまでも気にかけたい存在なんだ。
「で、……でも、」
「ほら、手が止まっちゃってるよ？　久保田さん食べるのゆっくりだから、はやくしないと間にあわなくなっちゃう」
 不自然……だと思われたかな。
 ぜったい、思われただろうな。
 自分でも、話をそらすのがあからさまだと思った。
 だけどあたしがその話題を避けたがっていることに気づいた久保田さんは、本当に優しい女の子だから、わざわざ掘り返すようなことはしない。
 ごめんね。
 そんな優しさに、つけこんじゃって。
 だって、いま朱音のことを人と話すのは……少し、しんどい。
 寝不足の原因を、もう思い出したくなくて。
 あの光景を、脳裏によみがえらせたくなくて。
 ひたすら知らないふりで、耳をふさいで目を閉じて、あたしはもう、気づきたくない。
 こんなんじゃ、きっといつまでもとらわれたままだって、わかっていても。
　……だってじゃあ、いったいどうしろって言うの。
「次の時間って、なんだっけ。移動？」

お昼ごはんを食べ終えて、空き教室を出た。
　教室に向かいながら久保田さんに話しかけてみたけれど、後ろで歩いている彼女からはなんの反応もない。
　やっぱり、さっきのこと気にしてるのかな……。
　ある意味、やつあたりみたいになっちゃったかもしれない。
　久保田さんは純粋に、あたしたちのことを心配してくれているのに。
　……ばかだ、あたし。
「久保田さ……」
　罪悪感がじわりとにじんできて、振り返ったあたしは、目を見開いた。
　数メートル後ろに立ち止まっていた久保田さんは、まっすぐにあたしを見つめていた。
　耐えるように眉を寄せて、唇をぎゅっと噛みしめて、手を強くにぎりしめて。
　大粒(おおつぶ)の涙を──ぽろぽろとこぼしながら。
「久保田、さん……？」
「もうっ、……ひっ、やだよお……っ！」
　いつもおだやかで、落ちついていて、柔らかく笑う久保田さんが、叫んだ。
　廊下に響きわたるほどの、大声で。
「わたしっ、なんかが……首突っこむようなことじゃないって、っ、わかってる……！　だけど……やっぱりっ、黙ってふたりのすれちがってるとこ見てるの……すっごく苦し

いよ……っ!!」
　あふれる感情を、そのまま声に変換して吐き出してるみたいに。
　いままでずっとなにも言わずにそばにいてくれた久保田さんは、はじめて自分の気持ちを口にした。
　あたしはとっさに言葉が見つからなくて、だけど急激に、喉の奥がぎゅっと収縮するみたいな熱い痛みを感じて。
　女の子を泣かせちゃったの、今日２度目だ。
　……悠里より、ひどいのかも、あたし。
　うつむいて何度も涙をぬぐう久保田さんのなかでも、交錯している想いがきっとあったこと、わかっていたのに、ずっと知らないふりをしていたんだ。
「ほんとは……っ、ずっと、柏木さんに、話したいことが、あったのっ……」
「話したい……こと？」
「言っちゃ、だめだってっ……言われてたけど、もう、隠すのやだよ……！」
　なに、それ。……待って。
　言っちゃだめだって言われてたって、だれに？
　棒のようにかたまっていた足をゆっくり動かして、久保田さんのもとへ歩みよった。
　声をつまらせて泣いて、肩でおえつをこらえる、小さな久保田さんの姿。
　あたしたちがこんな思いをさせてしまったんだと思うと、あたしたちが彼女の涙を生んでしまったんだと思うと、

呼応するようにあたしの胸まで締めつけられた。
「っ……友永さ、んは、柏木さんのこと、嫌って、なんか、ないっ……」
　久保田さんがおえつに邪魔されながらも、必死に伝えようとしてくれる。
　ずっと言うのを耐えてきたことを、言わないように言われていたことを、話そうとしてくれてる。
　あたしたちふたりのことを、想ってくれてるから。
　あたしたちふたりのことを、本当に大切に思ってくれてるから。
　なのにあたしは……いつも、逃げてばかりだった。
　大切な存在が、あたしにだってたくさんいるのに。
　どうしても、向きあえず、目をそらしていたんだ。
　あたしはいつまで、逃げるつもりなんだろう。
　そんなんだからきっと、あたしはいつも……。
　──大切な存在を傷つけて、失うことしか、できなかったんだ。

本当に大切な存在だったよ。

　朱音と仲よくなったのは、中学2年生に上がってからだった。
　1年のときはちがうクラスだったから、部活でしか接点はなかった。
　けれど2年になってクラスメイトになると、放課後はいっしょに弓道場へ向かうようになって。
　必然的に、クラス内でもよく話す仲になった。
　朱音は学年一かわいい女子として有名だったけれど、そのときはまだ、男の子と適当に付き合ったりするような子じゃなかった。
　けっこう無神経なとこもあったけど、かわいくて人なつっこくて、友達もふつうにいる女の子だった。

『莉子って、広斗くんと悠里くん、どっちと付き合ってるの？』
　そんなぶしつけな問いかけをされた、ある日の部活の休憩時間。
　道場で広哉くんに教わる広斗に自然と視線を向けていたあたしは、意味もなくどきりとして、となりの朱音を見た。
　どきりとした直後に、かなり失礼な質問だとわかって眉をひそめる。
　中1から広斗と付き合ってること、朱音が知らないはず

ないから。
『え……ケンカ売ってんの？　広斗と付き合ってるって知ってるでしょ』
『売ってないよ〜。だって莉子って、広斗くんより悠里くんといっしょにいるじゃん。帰りもいっしょだしぃ』
『べつにそんなつもりないけど……。悠里とは家がとなり同士だから、帰り道が同じなんだよ。それにいっしょに帰るのも、お互いの部活の終わる時間がかぶったときだけだし』
『ええ〜。でもそれ、広斗くんは妬いたりしないの〜？』
『広斗だって悠里と一番仲いいし。昔からずっといっしょだったから、いまさら妬いたりしないんじゃないかな』
　朱音はよく、あたしに恋愛系の話を持ちかけてきた。
　けど決まってあたしの話ばかりで、朱音自身のそういう話は聞いたことがなかったから、その機会に何気なく『朱音はどうなのよ』ってたずねてみたんだ。
　客観的に見てこれだけかわいいんだから、告白されたことくらいはあるはずだし。
　恋バナが好きだから、恋愛に興味がないわけもないと思って。
　すると朱音はちょっとはずかしそうに、それを隠すように、冗談ぽく笑った。
『え〜、聞いちゃう？　……ええっとね、だれにも言っちゃだめだよぉ』
　聞けば、友達のだれにも自分の恋愛を打ちあけたことが

なかったらしい。
　それをあたしが聞いてもいいのかと思ったけれど、信用されてるのかもしれないと少しうれしくなった。
『あのね……小学校の頃から、ずっと、好きな人いるんだぁ』
　そう、あたしの耳もとで小さくささやいた朱音。
　その表情も声も、びっくりするくらい恋する女の子のものだった。
　人一倍、身なりに気を使っているのも、告白されてもＯＫしないのも。
　幼い頃からずっと、片想いしている男の子がいたからだった。
　数日後、朱音に『あの人だよ』って教えられた相手は、朱音が言うとおりかっこいい男の子で。
　クラスもちがったから朱音と彼がどれくらい親しかったのかはわからないけれど、朱音の恋がうまくいけばいいなと思っていた。
　それから少し経って、長袖から半袖に衣替えした夏のはじめ頃。
　なんと、彼のほうから朱音に告白してきた。
　中学に入ってから気になりだした、と言う彼の想いは純粋で、真剣そのものだった。
　ようやく長年の片想いが実り、晴れて彼と両想いになった朱音。
　そのときはまだ、よかったんだ。

彼と両想いになったその日の夜、朱音はあたしに電話してきた。
　てっきり、彼と下校したときののろけでも聞かされるんだろうと思っていた。
　告白された直後、いつもより笑顔が多かったし、いっしょに帰る約束をして舞いあがっているのは一目瞭然(りょうぜん)だったから。
　でも、そんなあたしの予想に反して……電話越しに聞こえる朱音の声は元気がなくて。
『ほんとに、ちゃんと好きなのか……わかんなくなっちゃった』
　朱音は戸惑いをまじえた声で、そんな本音をつぶやいた。
　冗談、だなんて思えなかった。
　告白されたとき、本当にうれしくて、どきどきした。
　心から幸せだと思えていたのに、時間が経つにつれて冷静になったら。
　彼が"片想いの相手"から"恋人"に変わったことに、よろこびもなにも、感じなくなってしまったんだと。
『彼が、悪いんじゃないの……。いっしょに帰ってるときも、小学生のときの話で盛りあがれたし、あたしが話してるとき、すっごく優しい顔で笑ってくれてた』
　別れ際に顔を赤くしながら、『やっぱ、朱音のことすげー好きだ』って言ってくれた。
　もちろん自分も、『あたしも』って自然と気持ちを声にして返せた。

なのに家に帰ってから彼のことを考えていても、デートがしたいとか、手をつなぎたいとか、キスがしたいとか、恋人らしいことがしたい気持ちが、いっさいわいてこなくなったんだと。

それどころか、彼が自分のそばにいることに、疑問みたいなものを感じてしまうんだ、と。

朱音はぽつぽつと話しながら、しだいに涙声になっていった。

『ねえ、莉子、なんで……？　あたし……ずっと、好きだったのに……』

ようやく片想いが成就(じょうじゅ)したのに、両想いになったとたん気持ちが冷めるなんて。

朱音はそんな自分にショックを受けて、戸惑いを隠せずにいるようだった。

あたしもずっと広斗に片想いしていた立場だけれど……この恋が叶ったとき、もちろんそんな気持ちにはならなかった。

あたしたちはずっといっしょにいたから、恋人に変わっても、違和感(いわかん)なんてなかった。

それなら、朱音は……。

『朱音は……ずっと一方的に想ってるだけだったから、恋人になったことにまだ頭がついてきてないんじゃないの？』

『え……？』

『これから"彼女"として彼のそばで過ごしてみたら、やっ

ぱりちゃんと好きだって思えるかもよ』
　確証なんてなかったけれど、たぶん朱音はいま、混乱しているだけなんじゃないかと思った。
　ずっと想っていたからこそ、彼と恋人になるなんて想像もしていなくて。
　相手から突然告白されたわけだし、心がびっくりしちゃっただけなんじゃないかな、って。
　そう思って助言すれば、朱音は『そっか……そう、だよね』と電話越しにうなずいていた。
　半ば自分をはげますように、言いきかせるような響きだったけれど。
　通話後も、少し朱音への心配は残ったけれど、きっと彼といる時間が解決してくれるだろう、と思っていた。

　それから朱音は、あたしの言うとおり、彼と多くの時間を共有するようになった。
　登下校やお昼休みの時間を、彼と過ごすようになった。
　それ以来、朱音はなにも言わなくなったから、きっと気持ちも落ちついたんだろうって、そう思っていたんだ。
　だけど、付き合いはじめた週の土曜日。
　朱音と彼の、初デートの日。
　たった２時間ほどで彼と別れて帰ってきた朱音は、突然あたしの家に来たと思ったら、玄関先でそのまま子どものように泣きだした。
　その場で話すわけにもいかないので、泣きじゃくる朱音

をとりあえずあたしの部屋にとおして、涙が収まった頃に話を聞いた。
　偶然つくっていたプリンも添えて。
　朱音の話によると、デートを『体調が悪くなった』と嘘をついて、途中で投げ出してしまったらしい。
　朱音は逃げるように彼のそばから立ち去って、そのままここに来たらしかった。
『もう、っ、無理だよぉ……。いっしょになんて、いられない……っ』
　膝を抱えた朱音は、涙をぽろぽろとこぼしながら弱々しくつぶやいた。
　登下校中もお昼休みも、本当は彼を見ることにすらいやけがさしていて。
　彼のそばにいても幸福感なんて味わえなくて、"好き"って言葉に嫌悪しかなくて、そんな自分が心底いやで、ひとりで泣くこともあったらしい。
　あたしの助言が、かえって朱音を苦しめていた。
　あんなに、彼のことが好きだったのに。
　一時の気の迷いでも、思いちがいでもなかった。
　朱音は彼と両想いになったとたん、気持ちが冷めてしまったんだ。
　それからすぐ、朱音は彼と別れてしまった。
　別れ話をもちかけたのは、朱音から。
　朱音が『別れたい』と話すと、彼はつらそうに顔をゆがめて、笑って言ったらしい。

『朱音……俺といても、ぜんぜん楽しそうじゃなかったもんな。無理に付き合ってくれて……ありがとう。ほんとに、好きだった』

　彼は本当に純粋に、朱音のことを想っていたんだ。

　そしてそれは、朱音のほうだって変わらなかった。

　お互いに、一方的な恋心なんかじゃなかったのに。

　なのに朱音は『そんなことなかった』なんて、返すことができなかった。

　だって……彼といても、楽しいと思えなかったのは事実だから。

　たった1週間ほどの恋人期間。

　朱音はすっかり落ちこんで、また恋がしたいと思えるまで長い時間がかかった。

　男の子と話すことを避けて、まわりからは男嫌いになったと言われるようになって。

　それもあながちまちがいではなかったから、なにも言わないでおいた。

　そんな状態で1年近く経ってから、やっとまた、朱音に気になる男の子ができた。

　中3であたしたちはクラスが離れてしまったから、朱音からそれを聞いたのは部活の休憩中。

　けれど、その男の子と実際に仲よくなって、しばらくして彼から告白されたとき……朱音が返した答えは、NOだった。

　距離を縮める中で、朱音の心も、"気になる"から"恋"

に変わっていたはずなのに。
　相手に好きだと言われた瞬間に、スッと気持ちの温度が消えてしまったんだ。
　それは、１年前に別れた彼のときと、まったく同じように。
　するとその男の子は『思わせぶりな態度しやがって！』と、その場で朱音に激昂(げっこう)したらしい。
　１年経って、ようやく男の子と少しずつ話せるようになってきた朱音。
　そんな彼女と一番親しくなっていたのは、その彼だった。
　だから、自信があったのかもしれない。
　プライドを傷つけられた彼は、よほど腹が立ったらしく、友人に朱音の悪いうわさを吹きこむようになった。
『魔性(ましょう)の女』だとか、『ターゲットにされた』だとか。
　情けないとは思わなかったのか、フラれた腹いせに、朱音のことを好き放題に言いふらした。
　しかも運の悪いことに、その彼は、朱音の友達の好きな人だったらしくて。
『友永朱音は友達の好きな人を落として捨てる』
　そんなたちの悪いうわさが、またたく間に朱音を悪女にしてあげた。
　信じない人だってもちろんいただろうけれど、それでも学年一かわいい女子のうわさは浸透(しんとう)するもので、すぐにあたしのクラスまでまわってきた。
　うわさのとおりに朱音を見る人だって出てきた。

友情にひびが入り、朱音のクラス内での孤立もあっけなく成立した。
　──朱音が変わってしまったのは、まちがいなく、それが原因だった。
　ひと言で言えば、朱音はあきらめてしまったんだ。
　うわさを否定することも、友達の誤解をとくことも……そして、恋をすることも。
　いつしか朱音は、好きでもない相手と適当に遊ぶようになった。
　べつにもういいやって、自暴自棄な表情で笑うようになった。
　はじめから冷めた気持ちでいれば、叶ったとたんに輪郭を失う"好き"に戸惑うことも、悲しむこともないからって。
　恋に対して、とても、臆病になってしまった。
　もちろん、朱音と遊ぶ中で本気になる男の子だっていた。
　すると朱音は決まって、すぐさまその人との関係を絶った。
　はさみで糸を切るよりたやすく、終わらせた。
　うわさを否定できないまでに、朱音はみずから自分を変えてしまったんだ。
　それでも、人の彼氏とはぜったいに遊ばなかった。
　お互いに想いあっている幸せそうな恋人たちを、壊すことなんて、ぜったいにしなかった。
　相手と背負うことも不可能な悩みを抱えて、恋をするこ

とを怖がって、意味のない疑似恋愛ばかりくり返してきた朱音。
　そんな彼女の弱さを、あたしだけが、知っていた。
　……あたしだけが、寄りそってあげられる、唯一の友達だったのに。

　その日の夜、連絡先を交換した浜辺さんから、《ごめんね》とメッセージが送られてきた。
　洗いものをしていたあたしは、シンクのすぐそばに置いていたスマホをのぞきこみ、その突然の謝罪を見て首をかしげた。
「なんでごめん……？」
　いままでのことについてあやまってる、ってわけじゃないと思う。
　それは保健室であやまってくれたんだし……あまりに唐突すぎだ。
　泡を流した食器を水切りかごに入れながら、返事を考えていると、つづけて通知が来た。
《あたしが言うのもなんだけど……悠里くんと、一度ちゃんと話したほうがいいと思うの》
　表示された文章を読んで、どき、と少し心臓が反応した。
　タオルで手をふいているあいだに、またメッセージが更新される。

《悠里くんの気持ち聞いて、柏木さんも自分の気持ち伝えなきゃ、ずっとこのままだよ》
「自分の、気持ち……」
　ゆっくりと声にして、少し水気をふくんだタオルをぎゅっとにぎりしめた。
　……ちがうよ、浜辺さん。
　浜辺さんは、少し勘ちがいしてるとこがあるんだ。
　もちろんあたしはちゃんと、悠里のことが好きだった。
　好きになったのは付き合ってからだったけど……恋だったのは、たしかだ。
　でも——あたしはちゃんと、悠里のことが好き"だった"んだ。
　広斗や園田と付き合ってないのも、現在進行形で悠里を好きだからってわけじゃない。
　いまは……。
　もう、ちがうんだよ……。
　脳内によみがえってくるのは、体育館裏での光景。
　何度も忘れようとして、でも、胸をつかんでくる、あのシルエットが重なる瞬間。
　このままじゃきっとずっと、しこりを残したままになる。
　元彼とも……そして、元親友とも。
　そっと指先でスマホのキーを打ちこんで、浜辺さんへ返信を送った。
《ありがとう。ちゃんと、話すよ》
　浜辺さんには、朱音のことは話していないけれど。

わかってた。
ちゃんと話さなくちゃいけない。
彼とも、彼女とも。
すべてを聞いて、すべてを知って、その先に終わりが見えても。
もう、戻れないって気づいていても。
それでも、いまでも、彼のことを、彼女のことを……やっぱりわかりたいって思うんだよ。
浜辺さんや、久保田さんが教えてくれたこと。
それだけじゃなくて、ちゃんと、ふたりの気持ちを、本人から。
あたしはもう逃げずに、知らなくちゃいけない。
だから、終わらせようって思う。
知らないこと、知りたいこと。
苦しいこと、悲しいこと、傷ついたこと。
あたしたちが抱いてるわだかまり、ぜんぶを。

次の日。
朱音と話をしようと朝から気をはっていたにもかかわらず、いざ話しかけようと思うと、なかなか踏み出すことができなくて。
気づけば、放課後を迎えてしまっていた。
タイミングを逃して……なんて言い訳で、ただ勇気が出なかっただけ。
拒まれるのが、単純に怖かっただけ。

あたしは、どこまで意気地なしなんだろう。
　これじゃいままでの……悠里のときと、なにも変わらない。
　部活が休みの日だったので、ひとり駅のホームへ向かって、やってきた電車に乗りこんだ。
　朱音といっしょに帰らなくなって、どれくらい経っただろう。
　１週間ほどのことかもしれないけれど、やっぱりとても長く感じる。
　……このままじゃ、いやなのに。
　気持ちだけがあせっていく、やるせないままのあたしを乗せて、電車は時間どおりに地元の最寄り駅に到着した。
　電車からホームに降り立ち、階段を上って、いつものように改札を抜けた……とき。
　ふと、階段の近くに見覚えのある人影が視界に映った。
「あれ……。あの人、って」
　ぽつりとつぶやいて、そちらに視線をやれば、その彼のそばには朱音がいた。
　そばに、というか……彼に腕をつかまれて、引きとめられているみたいだった。
　それを見て、確信する。
　彼が……朱音が小学校時代からずっと想いつづけていた相手だと。
　想いが通じあって、それでも１週間しか恋人でいられなかった、朱音のはじめての彼氏。

背も高くなって、顔つきも大人っぽくなっているけれど、朱音を真剣に見つめる瞳にはあの頃の面影が残っているように思えた。
「なん、なの……いきなり……」
朱音のひどく戸惑った声が、かすかに耳に届いた。
こちらに背を向けていてわからないけれど、きっと困惑の表情を浮かべているんだろう。
「いい加減、離してよ……」
「……っ、ごめん……」
うつむく朱音に、複雑そうにあやまりながらも、彼は朱音の手を離そうとはしない。
彼のほうも、戸惑っているみたいだった。
偶然、朱音のことを見つけて、とっさに引きとめてしまったのかもしれない。
じゃあ……彼はいまでも、朱音のことを……？
「俺……あの、ときのこと、聞きたくて」
「聞くって……なにを。聞くことなんて、ないでしょ……」
「……俺と、別れたあと。朱音、変わったんだろ……？」
彼と、別れたあと。
直後は男嫌いだと言われるくらい男の子を避けるようになって、ようやく好きになれたはずの男の子もフッてしまって、それ以来、クラスで孤立して。
それがきっかけで……朱音は、気持ちのない相手と適当に遊ぶような、恋に臆病な女の子になってしまった。
「なあ、ずっと聞きたかったんだよ……。朱音が変わったの、

俺と付き合ったせいなのか……？」
　考えてみれば、彼が自分に責任があると思ってしまうのも無理はないかもしれない。
　両想いになったとたんに冷めるなんて、朱音がそんな悩みを、付き合っていた本人に打ちあけられるわけがなかったんだから。
「……べつに、そうじゃない……」
「じゃあっ、なんで……」
「ど、どうだっていいじゃんっ。もう、放っといてよぉ……」
　いつも、ひょうひょうと男子との適当な交際をくり返していた朱音が。
　あきらめの色をにじませながらも、男子の前では絶やさず笑顔でいた朱音が。
　ここまで動揺させる男の人は、きっと彼だけなんじゃないかと思う。
　だって、彼だけは……朱音をずっと純粋に想っていて、そんな優しさを、朱音も知っているから。
　知っているからこそ、自分を責めて、苦しんでいたから。
　駅構内にいる人たちが、好奇の目でふたりを見る。
　はたからすれば、別れた男女がただ口論しているだけに見えるかもしれない。
「あ、あたしが変わったのは、あなたと付き合ったこととなにも関係ないっ……」
「……朱音、」
「なのに、勝手に自分のせいだとか……う、うぬぼれない

でよ……っ！」
　わざと彼を傷つけて、突きはなそうとする朱音の声が、小さな背中が。
　涙をこらえるようにふるえているのがわかって、もういてもたってもいられなくなった。
　だって、こんな状況で黙ってるなんて……無理なんだ。
　自分のことだと臆病になるくせに、相手がつらそうにしてると、どうしても体が勝手に動いてしまう。
　自分が傷の痛みを感じるより、相手が痛がっているのを第三者として見てるだけのほうが……ぜったい、いやなんだよ。
　でも、それは……だれにでもってわけじゃない。
「だいたいっ、あたし、最初からあなたのことなんかっ」
　セーブがきかなくなっているのか、朱音がなおも傷つける言葉を吐こうとする。
　彼だけじゃなく、自分さえも傷つける言葉を。
　――それだけはだめだ。
　それだけは、朱音は、言っちゃだめだよ……。
　だからそれをさえぎるように、朱音を背に隠すように、あたしはためらわずふたりのあいだに割って入った。
「か、柏木、さん……？」
　彼はいきなり目の前に現れたあたしを見て、おどろいた声をもらした。
　あたしのこと、知ってるんだ。
　そりゃ、元カノの友達だから知らないはずないか。

「悪いんだけど……。あんまり、朱音のこと追いつめないであげて」
「おい、つめ……」
「今日はもう……離してやってよ」
　あたしの言葉に、彼はまた複雑そうな表情をしながらも、ゆっくりと朱音の手を解放した。
　直接関係があるわけじゃないやつが突然しゃしゃり出てしまって、彼には申し訳ないと思ったけれど……。
　だけど……あのままじゃ、きっとどちらも苦しいだけだって、思った。
　あたしは「ごめんね」と彼にあやまって、なにも言わない朱音の手を引いて駅を出た。
　そのまま、帰り道を進む途中。
　朱音は我に返ったように立ち止まって、ばっとあたしの手を振りはらってきた。
「なっ、んなの……っ」
　振り返れば、朱音は信じられないというように目を見開いていて、そしてあたしをにらむようにぐっと眉根を寄せた。
　その表情にも、やっぱり戸惑いは垣間見えて。
　朱音にこんな顔をされたこと……いままで一度だってなかった。
「意味っ、わかんないんだけど……。なんで莉子が出てくるの!?」
「……ごめん。勝手なことして」

「っ、ふざけ、てんの……？　お、恩でも売りたいの？　あたしっ、莉子のそういう偽善者っぽいとこ、……っ」

　たぶん、まだ感情がたかぶったままなんだ。

　だけど朱音はまだつづくはずの言葉を、口にすることはなかった。

　ただ泣きそうな表情で必死に耐えて、あたしのことをにらみつけてくる。

　朱音のこんな顔、見たことない。

　朱音にこんなふうににらまれたことなんて、ない。

　心臓が強くつかみあげられて、声が出なくなりそうだけど、そんなんじゃだめだと強く自分に言いきかせた。

　正直、すごく、怖かった。

　ううん、いまもすごくすごく、怖い。

　恋人を失ったときと似てるようで、ぜんぜんちがうんだ。

　ねえ、朱音……。

　いままであたし、友達のことでこんなに深く悩んだことなんてなかったんだよ。

　だから、一度失ってしまった親友を、また取り戻そうとすることが……こんなに怖いなんて、思わなかった。

「ねえ、朱音……。あたし、朱音と……ちゃんと、話がしたいんだけど」

　気をゆるめたら泣いてしまいそうなくらいだし、足もふるえそうになる。

　情けないけど、こんなに心臓がドクドクと大きく音を立てているのは、ふたりのあいだに割って入ったときから

ずっとだった。
　それでも……あきらめたく、ない。
　あたし、朱音をあきらめたくなんかないよ。
　弱いままでいたらずっと、後悔がつづくだけだって、わかってるから。
「なに、よ……。なんで……っ」
　ぎゅう、と指を強くにぎりこんだ朱音。
　瞳に涙をためたまま、苦しそうな顔を見せるから、あたしも心を圧迫される苦しさを味わった。
「なんで、まだ、あたしと話したいなんて思うの……。莉子、この前の、見てたでしょ……？」
　知ってる。
　わかってるよ……朱音。
「あたし、悠里くんと浮気してたんだよ!?　ずっとっ……ずっと前から！」
　いやでも思い出す、体育館裏でのできごと。
　忘れたくて、でも何度もしつこくよみがえってくる光景。
　わかっていたことだけれど、やっぱり……朱音は、わざとあたしにあれを見せていたんだ。
　自分は悠里と浮気していたんだと、あたしに知らしめようとしていたんだ。
「……うん。朱音……言ってたもんね。ずっと、悠里と別れなよって……」
　あの光景を目のあたりにしてから、そういうことだったんだ、っていままでの朱音の言葉に納得してしまった。

悠里が浜辺さんと浮気しはじめて、1週間くらい経ってから。

　それまであまりなにも言ってこなかった朱音は、別れることをすすめてくるようになった。

　それは、あたしがこれ以上つらい思いをしないように、助言してくれてるんだって思ってた。

　あたしだって、別れたほうがいいってわかっていたから。

　それに朱音はなんだかんだ言って、いつもあたしの悩みを聞いてくれてたんだ。

　くよくよしてたら浜辺さんの思うつぼだって、元気づけてくれた。

　新しい恋をすれば忘れられるって、もっと広い世界を見なよって、幼なじみにとらわれつづけていたあたしの手を引こうとしてくれた。

　──悠里のことをあきらめられるように、広斗とよりを戻すことも提案して……朱音は、心から。

「あたしたちが、別れること……ずっと望んでたんでしょ？」

　喉が焼けそうな痛みを訴えてくる。

　それをがまんして、朱音をまっすぐに見つめて、問いかけた。

「……当たり前だよ」

　そう笑った朱音の瞳から、ぽろ、とひと筋の涙がつたった。

「ずっと……はやく別れちゃえって、心の底から思って

たっ」
　せきを切ったように、ほろほろとたくさんの涙が朱音の頰をすべっていく。
「ずっと、嫌い、だったの……。ずっと、ゆるせなっ、くて……っ」
　久保田さんから聞いたいまなら、わかるんだ。
　その言葉は嘘じゃなくて、ありのままの朱音の気持ち。
「悠里くんは……っ、中途半端に莉子に優しくして、だから……だからっ、ぜんぜんあきらめられないんだって！」
　朱音があたしに向けて投げつけてくる言葉が、嘘じゃないって……ちゃんとわかるよ。
　だから……。
　――もう、嘘、つかなくていいよ朱音。
「ねえ、朱音。……朱音の気持ち、わかったよ、ぜんぶ」
　笑いかけた拍子に、いつの間に瞳にたまっていたのか、ぬるいものが頰を流れて、顎からしたたるのがわかった。
　語尾（ごび）が力なくふるえたけれど、ちゃんと聞こえたはず。
　あたしも、気づかないうちに泣いていたみたいだ。
　あまりに朱音が感情をあらわにするから。
　朱音が流す涙の意味が、あたしには、理解できるから。
　あたしからの質問は……もうこれだけでじゅうぶん。
　……ねえ、朱音。
「朱音……――あたしのこと、めちゃくちゃ、大好きでしょ？」
　確信したあたしの言葉に、目を見開いた朱音は、さらに

涙をあふれさせた。
「……っなん、で……っ」
　朱音が悠里にキスした、あの光景を見てから。
　朱音があたしに別れることを催促してきた理由は、朱音が悠里と浮気していたからだったんだって、納得していた。
　だけど……久保田さんの話を聞いて、やっぱりちがったんだってわかった。
　ちがったっていうか……逆だったんだ。
『友永さ、んは……柏木さんのこと、嫌ってなんかないっ。むしろ、だれより大切に、想ってるんだよ……！』
　あのとき、久保田さんはあたしに話してくれた。
　あたしが体育委員の仕事で片づけがあるとき、久保田さんとふたりになった朱音は、あたしのことを話題に出していたらしい。
『もー、はやく別れればいいのになぁ……』
『えっ？　あ……柏木さんと桐谷くんのこと？』
『そ。正直、悠里くんに莉子はもったいないと思うんだよねー。……莉子って、ちょっと冷たく見えるかもだけど、ちょーいい子なんだから』
『ふふっ。うん、そうだよね』
『悠里くんとさ、同じクラスじゃん？　はじめの頃、あたしけっこう妬いちゃってたんだよねぇ。あたしの莉子なのに〜、みたいな。ちょっとはずかしーけど』
『柏木さんと友永さんは、中学から仲がよかったんだよね？』

『まーね。あたし、男と適当に付き合うようになる前から、わりと女子から嫌われてたんだぁ。でも莉子だけは、あたしといつもふつうに話してくれて』
『そうなんだ……。友永さんは、柏木さんのこと、大好きなんだね』
『あはっ、本人に言ったら引かれそうだけどね。だーいすき。だから悠里くんのことは、ぜったいゆるせないっ』
『……そう、だね』
『あ、これ、莉子にはぜったい言っちゃだめだからね？ あたしと久保田さんだけの秘密だよー？』
　きっとその場にいたら『なに言ってんの』って突っこんじゃいたくなるような、こっぱずかしい会話。
　……なんで教えてくれなかったの、朱音。
　朱音はあたしにあまり関心ないんだろうなって、あたしはいままでずっとそう思ってたのに。
　ぜんぜん、ちがうじゃん。
　むしろ、あたしのこと……好きすぎじゃんか。
「嫌いなのも、ゆるせないのも、悠里のことでしょ……？」
「っ、う……っ」
「あたしに、ちゃんとあきらめさせるために……悠里にキスするふりまでしたの？」
　朱音は悠里と、浮気していたわけじゃない。
　むしろ嫌いだと思っているなら、朱音が本気でキスなんてするはずない。
　それに、浮気じゃないのなら、悠里が黙ってキスを受け

るはずもないから。
　朱音はキスするふりまでして……、悠里と浮気しているふりまでして、あたしに、悠里をあきらめさせようとしたの……？
　だけど、朱音は涙を制服の袖でぬぐいながら、ふるふると小さく首を振った。
「あきらめてほし、かったの……悠里くんのほうだよぉ」
「え……？」
　うつむいて、しぼりだすように声をもらす朱音。
「だって、意味、わかんないんだもん……！　莉子のことあきらめるために浮気してたくせに、なのに、莉子に優しくしたりして……っ。莉子は悠里くんが幼なじみだから割り切れていないだけだったけど、悠里くんはちがうじゃん！　だから、もっとちゃんと傷つかなきゃっ、莉子のこと忘れられないと思ったの……！」
　あれ……？　ちょっと、待って。
　なんで、朱音が……そんなこと知ってるの？
　悠里が浮気をはじめた理由が、あたしのことをあきらめるためだったなんて……あたしも、昨日はじめて知ったことなのに。
　そんなあたしの疑問に気づいたのか、朱音はすんと小さくはなをすすって、それから少しまわりを見渡した。
「っ……ちがうとこで、話そぉ」
「え、あ……。うん」
　たしかに、駅だと人がたくさん通るし、こんなところで

話すのも気が引ける。
　朱音と向かった先は、地元の神社の近くにある小さな公園だった。
　遊具はブランコとすべり台くらいしかなくて、ここで遊ぶ子どもはふだんからあまりいない。
「……久保田さんから、なにか、聞いたの」
　桜の木のそばのベンチに腰を下ろした朱音は、地面に視線を落として静かにたずねてきた。
　あたしもそのとなりに座って、その問いかけにあいまいにうなずく。
「でも……責めたりは、しないでよ。久保田さんもすごく悩んでたみたいだから」
「責めてないよぉ、ぜんぜん……。むしろ、久保田さんにはあやまりたいくらいだし」
　優しくて、純粋にあたしたちを想ってくれてる彼女だから。
　あたしたちの仲たがいは、久保田さんの心にもとても負担をかけてしまったと思う。
　朱音も、久保田さんに対しては申し訳ないって思ってるみたいだ。
　冷たい風が吹いて、少しだけ髪を揺らす。
　歩いているあいだに心が落ちついたようで、朱音はゆっくりと話しだした。
「あたしね……ちょっと前に、直接、悠里くんに問いただしたんだぁ……。なんでそこまで莉子を傷つけるの、って」

「ちょっと前……って、いつ？」
「……ふたりが、別れた日」
　あたしたちが、別れた日って……。
「え……？　じゃ、じゃあもしかして、あのとき言ってた用事って」
「うん。莉子が帰ってから、ずっと悠里くんのこと待ってた……」
　だれもいない靴箱、あたしたちが最低なキスで終わった、あの日。
　事情を聞いてきた先生から解放されたあと、荷物を持ってきてくれた朱音は、あたしといっしょには帰らなかった。
　それは……悠里と、話をするためだったの？
「莉子の顔、ひどかったじゃん。泣きはらして目もとまっ赤だったし、唇も傷ついててさぁ」
「……う、ん」
「だから、なんかぁ……すごい気が立ってたのかも。男の子の胸倉つかむなんて、はじめてだったもん」
「胸倉、つかんだんだ……」
　あの朱音が、男の子に乱暴なことするなんて……。
　そんなに……あたしのこと、心配してくれてたの？
　いつも、わりと無関心そうだったのに……。
　想像してみても、朱音が悠里の胸倉をつかむなんて、ちょっと信じられなかった。
「だって、なにも話そうとしないんだもん……。先生にも適当なこと言って、帰してもらったみたいだし」

「そ、っか……」
　やっぱり、悠里、先生にはちゃんと話さなかったんだ。
　適当なこと言って、って……あたしがすべて打ちあけていたらどうするつもりだったんだろう。
　……あたしも本当のことを話さないと、わかってたのかもしれないけど。
「だけど、話すまでぜったい離さないって言ったら、ようやく観念して話してくれたんだぁ。……莉子に嫌われれば、自分もあきらめがつくから、って」
「あたしに、嫌われれば……」
「意味、わかんないでしょー？　ぜんぶ聞いたとき、ほんとっ、ばかじゃないのって思ったっ。そのくせに、莉子のこと助けたりしてさぁ……マジで意志弱すぎだよ！」
　思い出しながら腹が立ってきたのか、強い口調で悠里をののしる朱音。
　そういえば、あたしの家に来たとき、朱音は広斗のことだけじゃなく悠里のことも否定していた。
『莉子の幼なじみって……ふたりとも、意志弱すぎだよね』って。
　そのときはかっとなってそれどころじゃなかったけど、悠里もふくまれていたのは……悠里の浮気の理由を、朱音は知っていたからだったんだ。
　……すべて、知っていたから、だったんだ。
「悠里は、どうして……あきらめようなんて」
　そう、かすれた声で小さくつぶやいて、心の中で首を振っ

た。
　ずっと前に、浜辺さんに言われたことがあった。
『悠里くん、言ってたよ。柏木さんと別れたいって』
　あたしを挑発するためのあの発言はたぶん、嘘じゃなくて、本当のことだったんだろう。
　あたしに嫌われて、あたしと別れられたら……自分の気持ちにあきらめがつくからって。
　悠里はずっと前から、あたしと別れることを望んでいた。
　あたしのことを想っているのに、悠里がその気持ちを消したいと思ってしまった理由。
　本当は、なんとなく……どこか、理解してしまっている自分がいるんだ。
　脳裏におぼろげに映し出されるのは——もうひとりの、幼なじみの姿。
「……あたしから言うことじゃないでしょ。莉子もわかってると思うけどぉ」
「うん……」
「力ずくで体当たりすれば、きっとちゃんと向きあってくれるよ。意志が弱すぎるんだもん、あの浮気男」
「う、うん……」
「だから、悠里くんからちゃんと……聞きなよ」
「……うん」
　そうだね。
　あたしはいままで、悠里の気持ちを聞きたいって、ずっと思ってきた。

でも、それは他人からじゃなくて。
　あいつの口から、あいつの言葉でじゃなくちゃ、意味がないから。
　それだけが、たったひとつの知りたい答えだから……。
「ありがとう、朱音……。あたしと、話してくれて」
　小さく決心をつけてから、あたしは朱音にお礼を言った。
　話をするまで、拒絶されるんじゃないかって、すごく怖かったから。
　だからこうやって、すぐとなりで話せてることが、思っていた以上にうれしいと感じてる。
　すると朱音は唇をきゅっと結んで、ふいと顔をそむけた。
　ちょっと悔しげな表情で、頬をほんのりと赤く染めて。
　……ほんっと、あたしの親友は、かわいい。
　いつも、思ってたことだけど。
「べつにぃ。……こっちこそ、ありがとぉ」
「なんで朱音がお礼言うの？」
「さっき、助けてくれたのも、そうだしぃ……。もう、話せるとか思ってなかったもん。最低なことばっかしてたから、ゆるしてくれないだろうなぁって……」
　あ……そりゃそうか。
　ちょっとした口論をすることはよくあったけど……今回みたいなのは、はじめてだったもんね。
　あたしが話しかけなきゃ、ずっとあつれきが生じたままだったかもしれない。
　でも、朱音も……本当はあたしと仲直りしたいって、思っ

てくれてたんだ。
「じゃあさあ、もう、あんなことしないでよ。みんなの前でひどいこと言われたのも、けっこう腹立ったんだけど。すごい悲しかったし」
「うう、ごめん……」
「そもそも、なんであそこまでしたの？　あたし、本気で朱音に嫌われたと思ったんだけど」

　思い出すとちょっとイライラが戻ってきたから、問いつめてみた。

　あたしのこと大切だって言うんなら、あんなわざわざ嫌われるようなことしたくないはずなのに。

　クラスメイトの前でおとしめようとしたり、元彼とキスするふりしたり。

　そんなことして、もう友達でいられない状況になるのは、目に見えていたはずなのに。

　すると朱音は言いにくそうに、「だってぇ」と小さく声をこぼした。
「あたしみたいなのが……親友とか、つりあわないって思ってたからぁ。もう久保田さんもいるし、あたしは、離れたほうがいいって……」
「なんでいきなり自信喪失してんのよ」
「いきなりじゃないし……。それにほかの子だって、前から思ってたことだもん……」
「なにそれ……だれかになんか言われたとか？　ほっときなよ、そんなの。朱音らしくないでしょ」

いつも、自信たっぷりのくせに。
　女の子からの陰口なんてまったく気にせずに、男子と適当に遊んでるのが朱音のスタイルのくせに。
　なんで、他人の言葉に弱気になって、勝手にあたしから離れようとしてんのよ。
「久保田さんも朱音のこと大切に想ってるし、あたしは……朱音を親友だって思ってるよ。友達なんて、他人じゃなくて自分で決めるもんでしょ。朱音はそうじゃないの？」
「っ、でも……あたしっ、男癖が悪いし、心ないこと言っちゃうとき、あるみたいだし……っ」
　あるみたいって……自覚してなかったんだ。
　いや、どっちかと言えばあたしもずばずば言っちゃうタイプだから、人のこと言えないんだけど。
　涙腺がゆるくなってるのか、また朱音の瞳に、涙がみるみるうちに浮かんでいく。
「そんなの……いまさらでしょ？　何年、朱音の親友やってると思ってんの」
　その涙がこぼれる前に、そのあたしより小さな肩に手をまわして、そっと抱きとめてやった。
　親友を抱きしめるなんてはじめてだし、だいぶはずかしい気もするけど、ここはだれもいない公園だから。
　それに、あたしの胸で泣きじゃくる親友の弱さを……ちゃんと受けとめてあげたいから。
「だってぇ、莉子、あたしが恋愛に不真面目なの反対だったんでしょぉ……っ」

「いや、そりゃそうだけど。でも恋愛に真面目な頃の朱音もちゃんと知ってるから、そんなんで嫌いにはなんないよ。むしろ、それでこそあたしの親友って感じじゃん」
「う……っ、ばか、じゃ、ないのぉ……」
「はあ？　失礼な」
　どうやら憎まれ口を叩く余裕はあるみたいだ。
　もう離してやろうか、と思ったけど。
　あたしの手は裏腹に、なだめるように朱音の頭をぽんぽんとなでていた。
「……朱音がさ。また本気で恋できたら、ちゃんと応援してあげるし。それまでずっと待っててあげるよ」
「いっ、一生、無理だったら、っどうすんのよぉ……っ」
「そうなったら、一生男と適当な付き合いをくり返してるかわいそうな親友のそばにいてあげる。ずっと独り身なんて超みじめだからね」
　ちょっと冗談っぽく言ったけど、わりと、嘘じゃないから。
　いままでずっと朱音の悪いところもいいところも見てきたんだから、一生なんてそんなの、わけないよ。
　だけど、本気で言ったあたしの腕の中で、あろうことか朱音は「ふふ……っ」と小さく笑った。
　むしろ、怒るかと思ったんだけど。
「ちょっと、なに笑ってんのよ」
「そんなの……莉子だって、恋人できないじゃんかぁ」
「いや、あたしはつくるから。親友いたって恋人はできるよ」

「できないよぉ。できてもあたしが別れさせてあげるもん」
「それはさすがにやめてよ」
「……嘘だよ」
　あきれながら返すと、朱音はゆっくりと顔を上げた。
　泣きはらした真っ赤な目で、だけど、なんだかとてもうれしそうに笑って。
「莉子にちゃんとふさわしい人が現れたら、あたし、幸せになれるようにだれよりも応援してあげるんだからぁ」
　朱音って……こんな顔で笑う女の子だっけ。
　こんなふうに、素直な表情を見せてくれる女の子だっけ？
　親友からのがらにもなくうれしい宣言に、心があたたかくなるのを感じて、あたしも思わず笑ってしまった。
「癪だけど、それ、けっこう心強いかもね」
「でしょー？　でもひとつ言っとくとねー、莉子はオトコ見る目ないよぉ」
「ああ、そう……。じゃあ、あたしからもひとつ言ってあげる」
「なによー。どうせ、適当に遊んでばっかいたらいいオトコのがすとか……」
　むーっと唇をとがらせる朱音の、両頬をむにっとつまんで、軽くひっぱってやった。
　ヘン顔みたいになった朱音を見て、あたしは笑いをこらえながら。
「ばっちり計算したあざとさもかわいいけど。素の朱音の

ほうが、あたしはかわいいと思うよ？」
　そう親切にアドバイスしてあげたら、朱音はおどろいたように目を見開いて。
　ほっ、と顔を赤くした。
　かと思えば、勢いよくあたしのそばからのけぞる朱音。
「お、女の子相手に天然たらしとかやめてよねーっ！　ほんとに！」
「べつにたらしてるつもりないけど……」
「ほんと、ちょー引くっ！　ちょーさむいっ！　そっちのがあざといじゃんかぁ！」
　なんだか理不尽なこと言われてる気はするけど、ちょっと意味がわからない。
　まあ……いいか。
　いまはゆるしてあげよう。
　失ってしまった大切な存在を、ちゃんと……取り戻すことができたんだから。
　この子はこれからもずっと守っていきたいと思える、あたしの大切な大切な、親友なんだから。

それでもずっと好きだったよ。

　しばらく話してから、朱音とは笑って別れた。
　あたりはすでに真っ暗になっていて、日が落ちたことで気温がいっきに下がっていた。
　公園のベンチに座ったまま、かじかむ指先でスマホの画面をタップし、時間を確かめる。
　そのあと、電話帳を開いて、目的の人物に電話をかけた。
　もう18時半をすぎてるから……たぶん大丈夫。
　コール音が耳もとで響くのを聞きながら、そっと目を閉じた。
　朱音ほどではないけど……がらにもなくちょっと泣いちゃったなあ。
　友達の前で泣くなんて、はじめてかもしれない。
　あたしは意地っぱりで、昔からめったに人前では涙なんて流さなかったから。
　幼い頃からずっと、強がりだったから。
『……もしもし。莉子？』
　昔に思いをはせていたら、コール音が途切れて、広斗の声が聞こえてきた。
「ごめん、いきなり電話して。部活、終わってる？」
『うん、大丈夫。なんか用事？』
　広斗の声は、いつだって優しくてあたたかいままだ。
　幼い頃からいろんなものがめまぐるしく変わったいまで

も、ずっと変わらないまま。
　救われてるんだ。すごく、すごく。
　あたしの幼なじみが、幼なじみでいてくれることに。
　友達でも恋人でもなくて、幼なじみとして、変わらずにそこにいてくれることに。
　そんな彼の声音ですら、大切だと、心から思う。
「昔の話、したくて」
『昔の話？』
「っていうか、聞きたいことかな」
　もういまさら、なにもかも、隠す必要なんてないはずだから。
　すべてを知りたいと願えばきっと、答えをくれる。
　いま、終わらせるために、時効にしてほしいんだ。
「広斗が……昔、悠里についた嘘って、なに？」
　広斗は、嘘なんてつくような男の子じゃなかった。
　それははっきり言えること。
　だから広哉先輩があの朝に言ったことに、あたしは少なからずおどろいていた。
　広哉くんと、広斗の、わがまま。
　壊すべきじゃないものを壊すことになった、広斗の嘘。
　それは、あたしの知らなかったこと。
「広哉くんから聞いたの。広斗は昔、悠里に嘘をついたことがあるって。……覚えてる？」
『ああ……。うん、覚えてる。俺が悠里に嘘ついたことなんて、一度しかないからね』

スマホ越しに耳に届いたのは、ちょっと苦笑をまじえたような、でもおだやかな声だった。
『俺と莉子が付き合いはじめたの、中学に入ってからだったでしょ。莉子から告白してくれて』
「うん……。そうだね」
　あたしはベンチの背もたれに背中をあずけて、目を閉じたまま、広斗の声だけに耳をかたむけた。
『でも……俺は、幼稚園のときから莉子のこと好きだったんだよ』
　広斗の口から語られる、昔の話。
　思わず目を見開けば、空をあおいでいたあたしの瞳には、星空が映りこんだ。
『もしかしたら悠里にはかなわないかもしれないけど、それでも、ずっと莉子のこと好きだった。知らなかったでしょ』
「知らな、かった」
『俺にとっての女の子は、昔からずっと、幼なじみの莉子ひとりだけだったんだよ』
　肌に触れる空気は冷たいのに、肌の内側はじわりと熱を生み出していく。
　あたしが恋を自覚したのだって、小４のときだったのに。
　広斗がそんなに昔から想ってくれてたなんて、思わなかった。
『でも、俺から告白する気なんてなかったから。莉子から好きって言われなきゃ、たぶん付き合うことはなかった』

その理由は……あたしにもわかってる。
　わからないはずが、ない。
　広斗があたしに好きだと告げる気がなかった理由なんて、ひとつしかない。
『ずっと莉子のそばにいたのは、俺じゃなくて悠里だったから……。当然のように、俺は身を引くべきだって思ってた』
　あたしが好きになったのは、広斗だった。
　だけど昔のことを思い返せば、となりにいたのはいつも悠里なんだ。
　悠里のいない毎日なんて、当時のあたしには考えられなかった。
『だけどさ……わかってても、やっぱ嫉妬しちゃうでしょ。俺もあのときは、すげー子どもだったから』
「でも、あたしたちからすれば、広斗は大人だったよ」
『ははっ。まあ、ケンカばっかしてたふたりからすれば、そうだったかもしれないけどね。でもそんなふたりの仲が、俺にはうらやましかった。何度、悠里になりたいって思ったかわかんないよ』
　あたしのとなりにいた悠里に、広斗が嫉妬していたなんて。
　それもはじめて知ることだった。
　悠里と広斗だって、同じくらい仲がよかったから。
『すげー子どもだったから……くだらない嘘、ついたんだ』
　あたし……ぜんぜん、広斗のことわかってなかったんだ。

『小４の……莉子がヘアピンつけなくなって、ちょっと経ったくらいかな。莉子の家で、５人くらいでかくれんぼしてたときのことなんだけど。莉子、覚えてる？』
「あー、マキたちもいた日だっけ？　あたしの家で遊ぶなんてめったになかったから、なんとなく覚えてる」
『そう、その日。莉子が鬼になったとき、俺と悠里は莉子の部屋のクローゼットの中に隠れてたんだけど』
　かくれんぼは、あたしたち３人の家すべてを制覇した遊びだ。
　だから間取りなんかはほぼ把握していたし、なんの疑問も抱かなかったけど、いま考えると本当プライバシーもなにもないな。
　まあ、無邪気な子どもだったから、とくに問題があるわけじゃないけど。
　当時のことを思い返しつつ、黙って広斗の話を聞いた。
『そのとき、悠里が小さな宝箱を見つけてさ。開いたままだったから、ふたりで中を見ちゃったんだよ』
　クローゼットの中にしまってあった、小さな宝箱。
　それを聞いてすぐに思いあたった、その中身。
『悠里が莉子に誕生日プレゼントとしてあげた……母さんのヘアピンが入ってて』
　そうだ。
　悠里からもらった、おばちゃんの蝶のヘアピン。
　広斗のことが好きだと自覚して、ヘアピンをつけなくなってからも。

あたしは小さな宝箱に大事にしまって、そして毎日のようにあの繊細な蝶をながめていた。
　とても大切な、ものだったから。
　だけど……悠里はそれを見て、『莉子、なくしたって言ってたのに』と広斗に言ったらしい。
　純粋に、不思議そうに。
　ヘアピンをつけなくなった理由をとっさに偽ったこと、悠里は……気づいてなんていなかったんだ。
『それで……俺、そのとき嘘ついちゃったんだよ』
「なんて？」
『俺が莉子に新しいのプレゼントしなおした、って』
　あのヘアピンは、非売品の一点ものだ。
　だけど広斗は、『莉子がなくしたって言ってたから、母さんに頼んで、同じものつくってもらったんだ』と悠里に嘘をついたらしい。
　あのおだやかで優しくて、あたしたちよりずっと落ちついていた広斗が。
　はじめて、人に小さな嘘をついた。
『ちょっとした冗談、ってわけじゃなくて……。意地悪っていうのも、ちがうかな。……俺だって、莉子にプレゼントしたかったのに、って。悠里にはかなわないってわかってたけど、だからこそ、卑怯なまねをして……対抗したかったのかも』
　嘘をついてどうかなるわけじゃないのはわかってたけど、それでもささいな対抗心だった。

莉子を想ってるのはおまえだけじゃないんだ、って。
　でも言えるはずがなかったから……代わりに、最低な嘘をついた。
　そう包みかくさず話してくれた広斗に、あたしは心臓が落ちつかなくなるのを感じた。
『でも、すぐ後悔したよ。悠里が、ほんとにショック受けた顔してたから……。すごい罪悪感に襲われて……俺、最低だな、って思った。怖くなってあのあと兄さんに相談してたんだけど、兄さん、莉子に話しちゃったんだね』
「う、ん……」
　それじゃあ……もしかして。
　あたしは、いままで悠里のことを、ずっと……。
「ねえ、広斗……。もしかして、悠里はいまも」
『……たぶん。誤解、したままだと思う』
　そういう、ことだったんだ。
　広哉先輩が言っていた意味が、ようやく半分、わかった。
　壊すべきじゃないものを壊すことになった、広斗のささいな嘘。
　小さなわがままの理由は……まだ、とても、子どもだったから。
「広斗っ、切るね。あたし、行かなきゃ……」
『うん。……ごめんね、莉子』
「……っ」
　また広斗は……そうやってあたしにあやまるんだ。
　だって受けいれられていないのは、みんな、そうなんだ。

だからあたしは、見えない広斗に、首をふった。
「……ううん。あたしこそ、いままでほんとに、ごめんなさい」
　ずっとずっと、言いたかったの。
　あたしは一度も、広斗に"ごめん"って伝えられなかったから。
　でもまだ、言いたいことがやまほどある。
「今度、広斗の家に行きたい。おばちゃんにも会いたい。言えなかったこと……たくさんあるから」
　広斗とも……あたしのお母さんとも。
　もちろんお父さんとも、やっぱりちゃんと、話がしたいと思った。
　泣くことになるかもしれない。
　責めることになるかもしれない。
　つらい思いを、味わうことになるかもしれない。
　それでも……あたしの思いをちゃんとさらけ出して、相手に伝えなくちゃ、変わらないままだってわかってるから。
『うん、わかった。母さんにも、言っておくから』
「ありがとう。……あともうひとつ、広斗っ」
　ベンチから立ちあがったあたしは、かつての恋人であり、変わらない幼なじみの名前を呼んだ。
　いまでも変わらず大好きな、彼の名前を呼んだ。
『ん？』
「……広斗は、最低なんかじゃないよ。あたし、わかってるから！」

だってあたし、広斗の幼なじみだよ。
　広斗のこと、すぐそばで、ずっと見てきたんだよ。
　あたしがはじめて好きになったのは、おだやかであたたかくて、どこまでも優しい人だったんだから。
　広斗からの『ありがとう』という返事に最後に「うん」とほほ笑んで、彼との通話をそっと終了させた。
　暗闇のなかで発光するスマホの画面を見れば、19時前だった。
　だけど、今日が終わるまでなんて……待てるわけないよ。
　だれより近くにいるのに、手が届かないまま過ごすなんてもう、耐えられない。
　伝えたい想いを、伝えなきゃいけない言葉を、あたしはずっと、胸にしまいこんだままだったんだから。
　スマホをしまって、11月の寒空の下、走りだした。
　ねえ。
　あたしたちはずっと、遠慮なんて知らない関係だったでしょ？
　だれより同じときを同じ場所で過ごして、少し時間はかかったけれど、それでも同じ感情を重ねあった。
　なのにお互いに知らないことがあって、いまさらすれちがってるなんて。
　あたしたちは本当にそんなささいなことで、壊れてしまえるような、もろい関係だったの？
　──ねえ、悠里。
　今度こそちゃんと向きあうから、教えてよ。

……お願い、答えて。

『ごめん。気持ちはうれしいけど、付き合えない』
　笑顔でもなく、申し訳なさそうな表情でもなく、淡泊に目の前の女の子に返事をする悠里。
　幼い頃からずっといっしょだと、幼なじみが告白される場面に出くわすことがたびたびあった。
　女の子が悲しげに走り去った校舎裏、悠里はふと振り返って、廊下の開いた窓から見ていたあたしに気がついた。
『なに見てんだよ、莉子』
『べ、べつに見てないし。たまたま通りかかっただけ』
『あっそ。じゃあいっしょに帰ろうぜ』
　広斗にフラれてから１週間。
　いままで偶然会ったときだけいっしょに下校していた悠里は、ここ最近は毎日のように誘ってくるようになった。
　こく、と小さくうなずいたあたしの頭を、窓の外から手をのばしてちょっと乱暴になでてくる。
　遠慮のない手つきだけど、それは気遣いを隠すためだって知ってる。
　広斗と別れてからずっと元気のないあたしを、悠里はこうしてぶっきらぼうになぐさめてくれていた。
『さっき告白してきた子、１年でしょ』
『バスケ部のマネージャー。こっちが受験生だってこと考

えてもらいたいよな』
『入部してすぐイケメン副キャプテンが引退しちゃったから、寂しかったんじゃないの？　かわいい子だったよね』
　冷たい風が吹きつける帰り道、たわいもない会話をしながら歩く。
　いつもとなりにいたはずのもうひとりの幼なじみは、いまはいない。
　さらにつらくなるだけだから考えたくないのに、それでも心が彼の影をさがしてる。
『俺、そういうのどうでもいいわ。どうせ付き合わねえし』
『相変わらずひどいやつだなあ』
　少し笑って何気なく口にした言葉に、悠里はなにも言わなかったけど、もしかしたら内心〝どっちがだよ〟なんて思っていたかもしれない。
　いままで悠里が告白されて、首を縦に振ったことは一度だってなかった。
　相手がどんなにかわいい子でも、きれいな子でも、性格のいい子でも。
『ここまでだれからの告白もＯＫしないと、悠里に彼女なんて一生できないんじゃないかって心配になるよ。幼なじみとして』
『よけいなお世話。できないんじゃなくてつくらねえんだよ』
『うわー。非モテ男子を敵にまわす発言だよ、それ』
　悠里が彼女をつくらない理由を知らなかったあたしは、

どんなに無神経な幼なじみだっただろう。
　どんなに悠里を、無自覚に傷つけていただろう。
『……じゃあ、もし明日、俺が彼女つくったら、おまえどうすんだよ』
　視線を地面に落とし、ふいに問いかけてきた悠里に、あたしはきょとんと首をかしげた。
『どうすんだよ、って……ふつうにお祝いするけど』
『明日からこうしていっしょに帰ることも、話すこともなくなるかもしれねえけど、いいの？』
『し、知らないよ、そんなの』
　そんなこと、ただの幼なじみであるあたしが口を出すことじゃないし。
　そもそもいっしょに帰ろうって誘ってくるのは悠里のほうだし、べつに話せなくなったって……。
　そこまで考えて、いや、話せなくなるのはいやだな、と拍子抜けするほどあっさりと思いなおした。
　いやだっていうか、ありえない。
　だって悠里は幼い頃からずっと当然のようにあたしのそばにいた存在で、なのにいきなりかかわらなくなるとか、そんなの……。
『いま、いやだって思っただろ』
『は、はあっ？　思ってないし自意識過剰だから。勝手にすればいいじゃん』
　そっぽを向くあたしを見て、悠里がかすかに笑ったのがわかった。

は、腹立つ……！
　言わなくてもわかります、みたいな感じ！
『いま俺が彼女つくったら、だれがおまえの面倒見るんだよ』
『ちょっと、あたしのことなんだと思ってんのよ。ひとりで大丈夫なんですけど』
　むきになったあたしは、すたすたと歩くペースをはやめた。
　悠里の長い脚なら簡単に追いつけるはやさだろうけど、悠里がすぐにとなりにやってくることはなくて。
『……ひとりで大丈夫なわけ、ねえだろ』
　背後で、冷えた風にさらわれそうになったその小さなつぶやきを、あたしの耳はかろうじて拾った。
　振り返ってみれば、悠里は数歩後ろで立ち止まって、真剣な表情であたしを見ていた。
『いまでも広斗のこと、すげえ引きずってるくせに』
　この１週間、一度も話題に出なかったその名前を聞いたとたん、心臓をえぐられる痛みを味わった。
　思わず言葉につまったのは、図星だったから。
　こちらに歩みよってくる悠里から、あたしは視線をそらした。
『べ、つに……そこまで、引きずってない』
　嘘。
　あたしはいまでも広斗との別れに心をとらわれていて、そして、悠里がいままで広斗のことを話さず気遣ってくれ

ていたのは、それを知っているから。
　わかっているのに、あたしはいつものように素直じゃない言葉を吐き出すんだ。
　そんなあたしのそばで、悠里が立ち止まった。
『べつに、隠す必要ねえよ。つーか、隠すほうがおかしいだろ。おまえがずっと好きだったやつと別れてすぐに忘れられるような女だったら、いまでも幼なじみなんかつづけてねえよ』
『わ、わかりきったようなこと言って……』
『わかりきってるんだっつーの。何年幼なじみやってると思ってんだよ』
　まっすぐにあたしに向けられるその瞳に、息ができなくなった。
　ずるいよ、そういうこと言うの。
　痛みを訴える心の声を、あたしはずっと口にしてしまわないように耐えてきたのに。
『いまでも好きなんだろ、あいつのこと』
　……本当に、ずるいんだよ。
『わかってるから、いいよ。ためこむのがおまえの癖だってこともわかってるし、無理して吐き出せっていうのもちがうだろ。……でも、いまのおまえがひとりで大丈夫なわけねえんだよ』
　悠里がささやくように言って、あたしは目の奥が急激に熱くなるのを感じた。
　それはとどまることを知らず、しだいに、じわりと目の

前がにじみはじめて。
　……ぽろぽろ、ぽろぽろ。
　せきを切ったように涙があふれ出して、いく度も頬を伝っていく。
　ぼやけた視界に映る悠里は、泣きだしたあたしを見て、あきれたようにほほ笑んだ。
『泣くなよ』
　ぶっきらぼうだけど優しくて心地いい声が、耳に触れる。
　泣かせたのは、あんたのくせに。
　強がりという壁をぶち壊して、あたしの素直な気持ちをあふれさせたのは、悠里のくせに。
　広斗と別れてから、あたしは一度だって泣いたりしなかった。
　だけど本当はずっと苦しみをためこんでいて、泣きたかったこと。
　この幼なじみにはすべて、お見通しだったんだ。
『安心しろよ、おまえを置いて彼女なんかつくらねえから。おまえには俺がいないとだめだし』
『っう……む、ムカつくっ』
『はいはい』
　わしゃわしゃ、とあたしの頭をなでる乱暴な手がこんなにも……どうしようもなく、大切だ。
　ぜったいに失いたくない、大切な存在なんだ。
　なんて、こんなことなにがあったって言わないけど、あたしがそう思っていることを、きっと悠里もだれよりわ

かってる。
　だって悠里は、幼い頃からずっとあたしのそばにいた幼なじみなんだから。
　まだ止まらない涙を何度も袖口でぬぐっていると、悠里は『……なあ』と落ちついた声を落とした。
『あいつを想って、泣くくらいなら』
　あたたかな手があたしの髪をなでて、離れる。
『……俺にしろよ、莉子』
　悠里は少し切なげに笑って、そうささやいた。
　おどろいて目を見開くあたしに向かって、悠里はまた手をのばしてきて。
　壊れものを扱うかのように、ゆっくりと今度はあたしの目もとに触れた長い指が、涙をぬぐった。
　その手は……さっきの"幼なじみ"としての触れ方とは、ちがっていて。
『俺がいままでだれとも付き合わなかったの、だれのせいだと思ってんの？』
『っ、え……』
『俺は幼い頃からずっと、おまえ以外の女と付き合う気なんかねえんだよ』
　ぽろ、と瞳のふちから涙がひと粒、こぼれ落ちる。
『広斗と別れた直後で、ずるいのはわかってるけど』
　——この日あたしは、いままでキミを傷つけていたことを知った。
『俺がこれからもずっと、そばにいてやるから』

──そしてこれからも傷つけるだろうことも、わかっていた。
『……だから、俺にしとけ』
　それでも、そう言ってあたしの体を引きよせた悠里に、たしかな緊張をはらんでいたその声に、あたしは泣きながらうなずいていた。
　それは、ただなぐさめがほしいだけ、だったのかもしれない。
　でも……悠里だったから。
　ほかでもない悠里だったからなんだ。

　あの日あたしを抱きしめてくれたキミ以外に……あたしの心に寄りそえる人なんて、あたしがそばにいてほしいと望む人なんてだれひとりいないって、そう思ったからなんだよ。

「っ、はあ……っはあ」
　ものの数分でついた、うちの向かいの家。
　ろくに呼吸を整えることもせず、インターフォンを鳴らした。
　軽快なチャイムが響いたあと、ぷつ、と小さな音が聞こえて。
『はい、どちらさま？』

「あたし！　悠里と話したいんだけど入っていい？」
『あら、莉子？　いいわよ。どうぞ入って』
　昔なじみだから、当然、名前なんて言わなくてもわかる。
　お言葉に甘え、門扉を通って遠慮なく玄関に入れば、悠里のお母さんが出迎えてくれた。
　エプロン着てる……ってことはまだ夕食前か。
　ふつうなら、こんな時間に訪問なんてとんだ迷惑だ。
　昔はむしろ、こういうのがあたしたちのふつうだったんだけど。
「莉子がインターフォン押すなんてめずらしいじゃない」
「っていうか、そもそもここに来るのがめずらしいよね」
　靴を脱ぎながら返すと、悠里のお母さんは「そうね。中学以来かしら」とほほ笑んだ。
　いつ見ても、とてもきれいな人だ。
　悠里はお母さん似だなって、昔からよく思ってたっけ。
「お夕飯は食べていく？」
「ううん、ありがと。悠里は、２階？」
「ええ。……あなたたち、ちょっと前に別れたんでしょ？　お互いケガしないでね」
　彼女の言葉に、玄関のすぐそばにある階段を上る足が、ぴたりと止まった。
　振り返れば、相変わらずほほ笑んでいる悠里のお母さん。
　あたしは思わず苦笑を浮かべた。
「おばさん……。あたしたち、もう高２だよ」
「でもこの前、唇に傷つけて帰ってきたことがあったわよ」

「…………」
　こ、怖い……。
　あたしたちのこと、どこまで知ってるんだろう。
　悠里が話すわけないし、もしかしたら学校から連絡があったとかかもしれないけど。
　あたしが内心青ざめたことにも、たぶんこの人は気づいているんだろう。
「は、話しあうだけだから……たぶん、大丈夫」
「ふふ、がんばって。健闘を祈るわ」
　健闘を祈る、って……。
　息子の元カノをこんなふうに送り出すお母さんなんているだろうか。
　まあ、それくらい気心が知れてるってことなんだろうけど……。
　母親ってあなどれないものなのかもしれない、なんて考えながら、目の前の階段を上っていく。
　１歩進むにつれて、緊張の針が心臓を突きさすようで。
　でもそれがなんだか悔しくて、ぐっと手をにぎりしめた。
　だってあたしたちは、話しあうのに緊張するような間柄なんかじゃぜったいなかった。
　変わっちゃったんだ。
　もうあの頃とは、ちがう。
　あたしたちはもう二度と、戻ることなんてできない。
　……それでも、悠里、あたしは。
　階段を上り終えて、見慣れたドアの前に立った。

深呼吸をしようかと思ったけれど、考えるより先に、ドアをノックした。

空白の数秒間。

ドアが開く音とともに、「なに？」と中から声が聞こえてくる。

部屋から少し出てきた悠里は、あたしの姿を視界に入れると、わずかに目を見開いた。

莉子、と無意識に口にしようとしたのか、いまはもう傷の消えた唇が小さく動いた。

けれど声にされることはなく、ただ静かな空気が流れる。

あたしはそんな悠里の腕をつかんで、まっすぐ悠里を見上げた。

「部屋の中、入れて」

拒否される前に、さらにドアを開いて、そのまま部屋に足を踏みいれた。

ちょっと強引かもしれないけど、とくに制止するしぐさもなく、悠里はあたしの進入をゆるした。

玄関で話していた声は聞こえていなかったんだろう。

あたしだってわかっていたら、たぶん悠里は、なんの反応もしなかったはずだから。

認めたくない針が、脈打つ心臓をちくちくとしつこく突きさす。

ドアを後ろ手で閉めてから、悠里の手をつかんだまま、もう一度見上げた。

……視線を合わせるだけで泣きそうになるなんて、どう

かしてる。
　本当に、情けないなあ。
　こんなにも弱虫で、臆病で、意気地なしで。
　だけどもう少しだけ、いつもどおり、強がらせてよ。
「悠里」
　いまはまだ、泣かないから。
「話をしよう」
　意を決したあたしの言葉に少し目を細めた悠里は、視線を下に向けた。
　そらされた目線に、ぎゅっと胸が苦しくなる。
「……このままじゃ、やだよ」
　だって、いつまで苦しい思いを抱えていなくちゃいけないの？
　無関心になんて、なれるはずないのに。
　それくらい近い存在だったのに……いつまでこの距離で、相手を想わなくちゃいけないの。
　あたしも……悠里も。
「……いまさら、なにを話すんだよ」
　ため息をつくように声を落として、後ろに置いてあったベッドに静かに腰かける悠里。
　必然的に、悠里の手をつかんだままのあたしも、少し歩みよった。
　悠里の部屋は、中３のときに来た以来だけど、あまり変わっていない。
　ものが必要最小限で、片づいたきれいな部屋。

よくふたり並んで座って、たわいない話をしていた、ベッドの位置も以前のまま。
　なつかしくて、だめだ。
　泣きそうだ。
　この部屋で笑いあっていたときのことを、思い出してしまうから。
　涙がこみあげてくるのをこらえて、悠里のすぐ目の前に立った。
　あたしと視線を合わせると、悠里は少し眉をひそめるようにして、また視線をそらす。
　それは、あたしの目には苦しげに映った。
　あたしももしかしたら、苦しげな表情をしているかもしれない。
「もう……付き合ってねえだろ、俺ら」
「……そうだよ」
「付き合ってもないやつの部屋に、無遠慮に入っていいのかよ」
「昔から、そうだったでしょ」
「……ノックなんてはじめてしたくせに」
　たしかに、悠里の部屋に入るときにノックなんて一度もしたことがなかった。
　あたしたちは本当に、遠慮のかけらもない関係だったんだ。
　幼い頃は悠里と付き合うなんて、一度だって、考えたこともなかったくらいだから。

そしてきっとそれは、悠里にだってわかっていた。
「ねえ……。こっち、向いてよ」
　そうぽつりとこぼしても、悠里はまだ顔を上げないまま。
「目も合わせないほど……あたしと、話したくないの」
　小さな声でつぶやいて、ぎゅ、と悠里の手をつかむ力を、少し強めた。
「……おまえこそ、話したくないんじゃねえのかよ」
「……え？」
「なにされるか、わかんねえのに。……昔みたいに、無防備に部屋に入ってきやがって」
　つかんでいた手を、ぱしっと逆につかみ返される。
　あたしを冷たい瞳で見上げた悠里が放つのは、冷たい声。
　なにかされることに、怖い、なんていまは思わない。
　だって、あたしは……。
「べつに、悠里になにかされるなんて、思ってないから」
「……ばっかじゃねーの」
「っ、どっちがよ……」
　怖いと思っていないのは、無防備とか、危機感がないとか、そういうんじゃない。
　もう悠里があたしを傷つける必要なんて、ないからだよ。
　たぶん悠里も、どこかで、もうわかってるんでしょ？
　あたしが広哉先輩と話しているところを見てから、きっと。
「ねえ。……悠里はあたしのことを、嫌いになったの？」
　落ちついた声でそうたずねても、やっぱり、悠里は答え

てなんてくれなかった。
　何度もあたしを傷つけて、突きはなそうとする悠里。
　その理由が、なにも話してくれない理由が、心変わりじゃないことくらい。
　あたしだってどこかで、わかっていたんだ。
「……悠里のほうが、ばかだよ」
　静かに言いながら、あたしを見上げている悠里の瞳に、胸が締めつけられる。
　悠里があたしを、見ないようにしはじめたのは、いつのことだったっけ。
　こんなふうに、だれより近くから悠里を見られなくなったのは、いつからだったっけ。
「なにも……わかって、ないじゃんか」
　わかってくれてるって、ひとりで思いあがっていたんだ。
　言葉にしなきゃ伝わらない気持ちだって、たくさんあった。
　そしてあたしはいままで、それを伝えることができなかった。
　意地っぱりで、強がりで、あたしは。
　幼なじみにさえ、素直になることが、できなかった。
「ねえ、悠里……」
　あたし、悠里に言わなくちゃいけないことがある。
　あたしたちの関係が終わった日。
　悠里があたしに、傷つけるためのキスをした日。
『っざけんなよ……。おまえ、だれでもいいわけ？』

『おまえは……っ、園田なんかには、ぜってえ渡さねえ』
　あの日の、本気で怒ったときの声。
　キスする寸前に見せた、嫌悪みたいな表情の意味。
　きっと悠里は、あたしが広斗とよりを戻すように、あたしとの関係を終わらせようとしていた。
　だからあたしが園田と付き合うことをほのめかしたとき、あんなふうに怒りをあらわにしたんだ。
　だけど、悠里。
　……あたしは。
「だれでもいいわけ、っない、じゃんか……」
　あたしは、だれでもいいわけじゃない。
　好きだと伝えてくれた人なら、だれでも付き合うわけじゃない。
　悠里だったから。
　だれよりあたしのそばにいてくれた、あんただったから。
　２年前のあの日、あたしはあんたに抱きしめられるがままずがったの。
　悠里につかまれていないほうの手で、そっと悠里の頬に触れた。
　それは、別れた日に、あたしが叩いてしまったところ。
「……ここ。叩いて、ごめんね……」
「……、いつの話だよ」
　覚えてるくせに。
　唇も、思いきり噛んじゃって、ごめんね。
　それはあたしも同じだけ、痛かったけど。

「嫌いだって、……嘘ついて、ごめん」
「…………」
 あたしに嫌われようとしてたのは、悠里だけど。
 暗黙の了解をやぶっちゃって、ごめん。
 あたしたちには必要ないはずの言葉だったのにね。
 嫌いになんて、なるはず、ないのにね。
「悠里」
 あたしを傷つけるたび、きっと傷ついていたキミのこと。
 たくさん傷つけて、ごめん。
 だから……もう。
「……もう、いいよ」
 声にならないくらいの声でささやいたら、喉の奥が急激に熱くなった。
 離された手で悠里の肩に触れる。
 薄いシャツから感じるその体温が、あたしの手に切なさを伝える。
 少し身をかがめて、ゆっくり顔を近づけて、そのままそっと両目を閉じた。
 無抵抗な、悠里をそばに感じる。
 心臓が……熱い。
 ──ねえ、もう、いいよ。
 もうこんな、あたしたちらしくないこと、やめよう。
 確かめるように、はじめてあたしから、悠里の唇に自分のそれを重ねた。
 ずっと、本当の気持ちを隠して嘘をつくのも。

傷つけて傷つけられて、苦しめあうような関係も。
　こんなにも遠まわりで、不器用な想い方。
　終わらせよう、ぜんぶ。
　はじめからもっと素直に、あと少しだけ上手に、想えていたらよかった。
　あたしさえそうしていれば、苦しい道なんて選ばせずにすんだ。
　一方通行じゃないって、ちゃんと、伝えなくちゃいけなかった。
　最低な、彼女だったの。
　ごめん。
　……ごめんね、悠里。
　唇を離して、悠里を見つめたら、なぜだかぼやけてよく見えなかった。
　そんなあたしの目もとにそっと触れる、なつかしい指先。
　だれに触れられているのか、一瞬、わからなくて。
　乱暴にあたしを傷つけていたはずの、優しい体温。
　ほろ、とあたしの瞳からこぼれた熱いなにかが、その指先をぬらすのがわかった。
「莉子……？」
　困惑したように、少しかすれた、あたしの名前を呼ぶ声。
　ぎゅうっと、心臓がしぼりあげられるような、苦しさを覚える。
「ゆ、……り」
　だれもが、苦しんだ恋だった。

あたしたちの恋は、だれもに最低を演じさせた。

最低なのは、自分だと。
——……だれもが苦しんだ、そんな不器用な恋だったね。

それでも……ずっと。
「……っ、だったよ」
　悠里の両肩に置いた手にぐっと力をかけて、悠里をベッドに押し倒した。
　そのまま片膝をベッドに乗りあげ、悠里の顔の横に両手をつく。
『力ずくで体当たりすれば、きっとちゃんと向きあってくれるよ』
　朱音の言ったとおり、もっとはやく、力ずくで体当たりすればよかったのかもしれない。
　……だけどもう、逃げたりしないから、ちゃんと向きあうから。
　悠里もどうか、あたしのほうを向いて、すべてを打ちあけてほしい。
　真下からあたしを見上げる悠里。
　見開かれたその瞳には、泣き顔のあたしが映ってる。
　ふるえる息を吐いたと同時に、悠里の頬に、ぱたっ、と涙みたいなものがあたしの瞳から落下した。
「ず、っと……っ、」
　ねえ、なんで。

ずっと、そばにいてくれたらよかったのに。
　変わらず、あたしのとなりに、いてくれたらよかったのに。
　あたしは、悠里とずっといられたら、それでよかった。
「言えなくて、ごめん……」
　なのになんで、あたし、壊しちゃったんだろう。
　苦しくて、愛しくて、仕方がなくて。
　こんなにも大切な、キミのこと。
　あたしが、守れなかった。
「……っ、悠里」
　言いたいことを無遠慮に口にできていたあの頃でさえ、キミに告げられなかった言葉があるんだ。
　こんなことになるのなら、伝えていればよかった。
　言わなくても伝わってるって、ひとりよがりだった。
　素直になるチャンスを見逃してばかりだった。
　時間も機会も、ちゃんと、たくさんあった。
　もっとはやく、素直になっていればよかったんだ。
　そうすれば、傷つけて、傷つけられるような道を、選ばずにすんだ。
　お互いに苦しい道を、進まずに済んだ。
「悠里っ……」
　もう、遅いかな。
　手遅れだって、わかってる。
　ごめん。
　ゆるしてなんて言わない。

でも、本当はずっと。
「好き、っだった……っ」
 ２年前、傷ついたあたしを、抱きしめてくれたキミのことを。
 はじめて『ずっとそばにいてやるから』って、約束してくれたキミのことを。
 あたしはちゃんと、好きだった。
 ちゃんと、キミのことだけを想っていた。
 だれでもよかったわけじゃ、なかった。
 広斗の代わりなんかじゃ、なかった。
 広斗より優しくなくて、いつも意地悪で、女の子扱いなんてしてくれなくて。
 だけどずっとずっと、キミはあたしだけを大切に想ってくれていたんだ。
 わかってたよ。
 ちゃんと、伝わっていたんだよ。
 だから、あたしも。
 幼い頃からずっとそばにいて、恋愛対象ですらなかった幼なじみのことを……いつの間にか、本当に心から好きになってた。
 心から、愛しいって思える存在だった。
「ちゃん、っと、好きだった……っ」
 伝えるのが遅くなって、ごめんね。
 あたしも大切だよって、同じ想いを返すのが遅くなって、本当にごめんね。

あたし、ひどい彼女だった。
本当に、ごめんなさい。
それでもこの恋は、ずっとあきらめられなかった。
だからもうぜんぶ終わらせたいって……そう思ったんだ。
少しずつ変わっていった、大人みたいな子どものあたしたちは……お互いを傷つけてしまう不器用な想いを、ずっと抱えていた。

　　――……好きなのに、言えなくて。
　　――……好きじゃない、なんて嘘。
　　――……好きだから、傷つけた。

不器用なキスで終わらせた、その先は。
どうしても、笑顔がいいよ。
「っ、……――好き、なのっ……」
これがあたしの、嘘偽りのない、隠しようのない、本当の気持ち。
ごめんね……好きだよ。
いまでも、本当に、大好きだよ。
「好きっ、好きだよっ……こんなにも」
嫌いになんて、なれるわけがなかった。
傷ついたら壊れて消えるような、そんな想いじゃなかった。

——……好きだよ、こんなにも。

　本当の気持ちをありのまま伝えたら、ダムが決壊したみたいに涙があふれてきた。
　倒れこむように、悠里の首もとに額をくっつける。
　おえつをくり返して、まるで幼い子どもみたいに泣いた。
　そんなあたしの頭を……悠里はそっと柔く抱きしめるみたいに、優しくなでてくれた。
　それは少し、ぎこちない手つきで。
　ぎゅう、と悠里の服を強くにぎりしめた。
　ずっと、ほしかった優しい体温。
　失ったと思っていた、あたたかい手だ。
「……言うの、おっせえよ」
「ご、めっ……っ」
「俺の、ことだけ、……好きだった？」
　かすかにふるえていたように聞こえたのは、気のせいだろうか。
　自信がないみたいに、緊張したような声で。
　それはきっと、悠里の本心が垣間見えた瞬間だった。
　声が出なかったから、代わりに何度もうなずいた。
　悠里が、広斗のことをあきらめさせてくれたんだよ。
　ずっとそばにいてくれた悠里を、好きになれたんだよ。
　幼い頃からずっと、悠里はあたしにとってかけがえのない存在だった。
　ちゃんと、あたしから伝えなくちゃいけなかった。

ゆっくりと体を起こして、涙をぬぐったあたしは、……悠里を見下ろして目を見開いた。
　あたしを見つめる、その瞳からは、透明な涙がこぼれていたから。
「……っ、……」
　泣いていたんだ。
　いままで一度だって、あたしに涙を見せたことがなかったはずの悠里が。
　音もなく、静かに、涙を流していた。
　ああ、あたしは、どこまでばかだったんだろう。
　大切な人のどこまでもきれいで純粋な涙に、心臓がえぐられたかのような苦しみで胸がいっぱいになる。
　そして、あたしを想って泣いた悠里が、愛しくてたまらなくて。
「ごめ、ん、莉子」
「っ……」
「……信じて、なかった、ずっと」
「ん……っ」
　あたしの頭に触れていた悠里の手が、髪をつたって、あたしの頬に添えられた。
　あたしはそっと、そんな悠里の涙をぬぐった。
　なにも言わず目を閉じた悠里は、ふたたびあたしを見つめると、口を開いた。
「……２年前の、こと」
「……うん」

「広斗が莉子と別れた理由、広哉に聞いて……。広斗と戻ったほうが、莉子も幸せなんだって、ずっと思ってた」
　それは、悠里が日直だった日。
　あの日も、広哉先輩は中庭でお昼を過ごしていたんだ。
　きっと職員室に向かう悠里を中庭から見つけて、あたしのときのように声をかけたんだろう。
　広哉先輩は、本当は、広斗との仲を応援していたらしいから。
　だから、２年前から自分や広斗と距離を置いていた悠里に、つい本当のことを話してしまった。
　それが、広哉先輩が、自分を最低だと言った理由。
「俺と別れたら……莉子は広斗と、やりなおせるって思った」
「広斗と、より戻す気なんて……っなかったよ」
「……でも、広斗は、ぜったい後悔してた」
　あたしと広斗が別れた直後、広斗と大ゲンカしたらしい悠里。
　別れた理由を知らなかった悠里は、広斗に一方的にきつい言葉を投げつけてしまったらしい。
『二度と莉子にかかわんな』とか、『そんな最低なやつだと思わなかった』とか。
　あたしを想って、言ってくれた言葉。
　だけどそれは、広斗を傷つけるにほかならない言葉。
　だって広斗も、苦しい思いをひとり抱えていたから。
「あのときの、負い目……あったから。それに、莉子は、

いまでも広斗が好きだと思ってたんだよ」
「……なんで」
　ずっと、いっしょに過ごしていたのに。
　手をつないだり、キスをしたり、デートにも行って、いままで以上に愛しい時間を過ごしたのに。
　それでも、少しも自分にあたしの気持ちが向いてないと思っていたの……？
「高校でも、弓道部に入るって決めたとき……まだ、忘れられてなかっただろ」
　静かな声で話す悠里に、当時のことを思い返す。
　部活動見学があったのは、高校に入学して間もない頃のこと。
　たしかにそのときはまだ……広斗のことを、あきらめられていなかった。
　きっとずっと、悠里のことを苦しめていた。
「弓道するたびに広斗のこと考えるなら……ずっと、かなわないって思ってた。だからって、部活すんなとか、言えるわけなかったし。中学のときのこと思い出すから、俺は帰宅部えらんで、莉子が部活あるときはいっしょに帰らないようにしてた」
　あたしが、広斗のことを好きだったときのことを、思い出すから。
　中学でやってたバスケ、高校でもつづけなかったの？
　副キャプで、部員からの信頼も厚かったのに。
　なにより、中学でいっしょに帰るとき、部活のことを話

してる悠里、楽しそうだったのに。
「バスケつづけなかったの、あたしのせい……、だったんだ……」
「べつに。俺が勝手に帰宅部になっただけだし……莉子のせいとかじゃねえけど」
「でも……あたし、ずっと広斗のこと考えてたわけじゃないよ……」
　部活動見学のときはまだ、広斗のことを過去にできていなかったけれど。
　それでも、そんなあたしのそばに、ずっと悠里がいてくれたから。
「高校に入ってから、もちろん広斗とは顔合わせなくなったし……。そのぶんずっと悠里がいてくれたから、わりとすぐ、悠里のことしか考えなくなって……いつも悠里だけ、だったから……」
　ふつうに話していたはずが、だんだん、すごくはずかしくなってきて。
　急激に顔が燃えだすのを感じて、耐えられなくなった。
　すぐさまベッドに置いてあるまくらを手をのばして取って、それをそのままぽふっと悠里の顔にのせた。
「……なにしてんだよ、おまえ」
「いや、無理……っ。ほんとはずかしいから、ちょっと、いま見ないでよ」
「…………」
　こんな、ばかみたいなことする空気じゃなかったことは、

わかってるんだけど。
　まくらをどかそうとする手を必死につかんで止めれば、小さくため息をつかれた。
　思えば、あたしは本当に、悠里になにも伝えてなかったんだ。
　だってはじめから、恋愛対象なんかじゃなかったんだもん。
　悠里と付き合うなんて、そもそもそんな概念(がいねん)が、存在してなかったし。
　付き合ってからも、キスはしていたけどいつも悠里からだったし、甘い言葉なんて、もってのほかで。
　ぜんぜん、素直な彼女なんかじゃなかった。
「ごめん……悠里。なにも、言えてなくて」
「ごめんって思うならこれどけろよ」
「それはまだ、無理……。もうちょっと、待ってよ」
　もうひとつ、伝えなくちゃいけないことがあるの。
　悠里がずっと、誤解していたこと。
　広斗が悠里についてしまった、ささいで、それでもせいいっぱいの……嘘。
「悠里。いつかあたしに、蝶のヘアピン捨てろって言ったこと……あるでしょ」
　ぽつりとつぶやいたあたしに、なにも言わない悠里。
　まくらをのせてるのはあたしだけど、いまどんな表情をしているのか、気になった。
　悠里の手を、ぎゅっとにぎりしめる。

「あの蝶のヘアピンは……小1の誕生日プレゼントに、悠里からもらったものだよ」

広斗だけが、悪いんじゃない。

広斗が嘘をつく前に、あたしも、嘘をついていたから。

「あたしは悠里からもらったヘアピンをなくしたことなんてないし、広斗も、あたしにヘアピンをくれたことなんてない」

これがいまにつながっているんだとしたら、なんてばかげた嘘をついていたんだろう。

あたしたちはなんて、……不器用、だったんだろう。

「あたしがつけてたのはずっと……悠里からの、プレゼントだよ」

あこがれの人がつけていたものだから、小1からずっと身につけていて。

悠里からもらったものだから、小4のときにはずした。

高校に入ってからまたつけはじめたのは、彼氏の悠里からもらったものだから、だった。

今度はなにも包みかくさず、本当のことをちゃんと話した。

けれど悠里がなにも反応しないから、そっとまくらをどけてうかがってみる。

悠里は黙ったまま、あたしから視線をそらしていた。

「ごめん……悠里。嘘、ついてたの……怒った……？」

「……べつに」

「嘘だ。怒ってるじゃん」

「怒ってるけど」
　小さくつぶやいて、あたしに視線をもどした悠里。
　またあたしの頬に触れて、それから、あたしの頭を少し引きよせた。
「俺も、広斗と莉子のこと、傷つけてたから」
「……ん」
「……、ごめんな」
　その言葉尻に、唇どうしが触れあって、あたしはなにも言わずに目を閉じた。
　胸の奥が、きゅう、と狭くなる。
　締めつけられて苦しいのに、涙が出そうなのに、いやじゃない。
　短いキスを、何度もくり返した。
　角度を変えて、優しく食（は）んで、ときおり、ちゅ、と小さな音が響く。
　はずかしくなるほど甘くて、苦しくなるほど切なくて、心が熱くなるほど、優しいキス。
　どうしようもなく、好きだと、思った。
　はあ、と熱い息をこぼして、唇を離す。
　至近距離からぶつかる瞳に熱がこもってるけど、あたしもきっとそうなんだろう。
　暖房（だんぼう）きいてるし、ブレザーも着てるからか、暑い。
　悠里の上からとなりに移動して、寝ころんだまま小さく息を整えた。
「朱音とは……キスなんて、してなかったんでしょ」

「……するわけねえだろ。俺、あいつにだいぶ嫌われてんだけど」
「あははっ……。朱音は……いい子だよ」
「莉子には、そうかもな」

　朱音が悠里を嫌いはじめたのは、悠里が浮気してからかと思っていたけど。

　中学のときから、わりと敵意むきだしだったみたいだ。

　あたしは気づかなかったけど。

　親友のことを思い出してちょっと笑ってから、あたしは悠里のほうに寝返りを打った。

「ねえ……」
「ん……」
「……浜辺さんとは、こ、こういうこと、したの」

　思いきって問いかけてみると、悠里がこちらを向いた。

　はずかしいけど、いまそらしたら弱いみたいで、だからまっすぐ目を合わせた。

　ずっと……気になってたんだ。

　浮気をはじめてから、悠里に言いよる女の子は多かったけれど、浜辺さんだけは明らかに特別だったから。

「浜辺さんには、話してたんでしょ？　あたしに黙ってたことぜんぶ……」

　これは嫉妬、なのかな。

　わからないけれど、もやもやして……知りたくない気もするけど、気になる。

　そんなあたしに、悠里はあまり思い出したくないかのよ

うに、少し眉根を寄せた。
　そりゃ……ふつうは話したくないか。
　浮気していた頃のことを、むし返すような話題。
「話してたっていうか……聞かれてたんだよ」
「聞かれてた？」
「広哉から２年前のこと聞いたとき、近くにいたらしくて……そのあと告られた。最低だけど……事情ぜんぶ知られたし、浜辺なら楽かと思って」
　だから、浜辺さんを浮気相手に選んだ？
　でも、浜辺さんが教えてくれたこととはちょっとちがう。
　悠里と広哉先輩が話していたことを聞いたなんてひと言も言っていなかったし、告白したのは２階への踊り場だって言っていたし。
　……そういえば浜辺さん、メッセージで《ごめんね》って言ってたけど……もしかしてあれは、嘘ついてごめんっていう意味だったのかな。
　だとしたらたぶん、あたしが悠里と直接話をするべきだと思ったから、隠していたんだろう。
「……あと、こういうこととか、してないから」
　補足されたその言葉に、ほっとしたのは、隠しようもなかった。
　浜辺さんは付き合ってなかったって言ってたし、実際、表面上での浮気だったんだろうけど……もしかしたらって思ってたから。
　でも、もしキスしていたら……あたしは、悠里をゆるせ

ていたのかな。
　浜辺さんのことも、受けいれられていたんだろうか。
　そもそもデートに行ったことはあるわけで、それは、どうなんだろう……。
　ひとりで考えていたら、こんこんこん、と部屋のドアがノックされる音が聞こえてきて。
　なぜか反射的に、ばっと起きあがった。
　同じように体を起こした悠里が「開けていい」と返事すると、ガチャッとドアが開かれて、悠里のお母さんが入ってきた。
　そしてベッドにとなり同士で座ったあたしたちを見て、柔らかくほほ笑んだ。
「ふたりとも、話は済んだ？」
「う、うん……。まあ、一応……？」
「そう。お夕飯できたけど、莉子、食べていかなくていいの？ もう家で用意されてるかしら」
「ううん。お父さん、今日は遅いから」
　さっきはことわっちゃったけど、どうしよう。
　そう思いながらなんとなく悠里のほうを見ると、「食べてけば？」とふつうに返された。
　気まずい雰囲気……ってわけでもないし、こう言われると、ことわる理由もないわけで。
「じゃあ……久しぶりにごちそうになろっかな」
「ふふ、たくさんつくっておいてよかったわ。じゃあ下りてきなさいね」

優しく笑って、部屋を出ていった悠里のお母さん。
　なんか……こうなることが、わかってたんじゃないかと思う。
「行くか」
　スッとベッドから立ちあがった悠里が、あたしに声をかける。
　昔みたいに……いつも、そうだったように。
　大切な存在が、たしかにすぐそばに、在るのを感じた。
　あたしはうなずいて、同じように立ちあがろうとして。
　……ふと、歩いていく悠里の手をつかんだ。
「待って、悠里」
　そう引きとめれば、悠里は立ちどまってあたしを振り返った。
　不思議そうなその表情に、どきどきしながら、思いきって口を開く。
「悠里は、あたしのこと……その、好き？」
「は……いま？」
「だって、……聞いてない、から」
　顔が再燃するのを自覚して、声が尻すぼみになった。
　悠里から、ちゃんといま言葉でもらいたいと思うのは、わがままかな。
　だって、伝えてほしいんだ。
　悠里の声で、あたしに向けた言葉で、嘘偽りのない気持ちを。
　心臓がどきどきと加速するなか、悠里はあらたまってあ

たしと向かいあった。
　そしてあたしを、あたしだけを、まっすぐに見つめて。
「莉子のこと、好きだよ。……幼い頃からだれより、ずっと」
「……っ」
　そうだった。
　悠里は付き合っていた頃、いつだって、素直に伝えてくれた。
　照れながら、笑いながら、真剣な顔をしながら。
　まっすぐに気持ちを伝えてくれる悠里だったから。
　……きっとあたしは悠里のことを、恋人として好きになれたんだ。
「おい。なんか言えよ、ばか」
「い、いや、なんか、ほんとはずかしい」
「……俺のがはずかしいわ」
　まだそんなふうに、ストレートに気持ちを伝えるのは、ちょっと困難かもしれないけど。
　あたしもちゃんと……自分の気持ちを、口にしていこう。
「で、莉子は」
「あたしは、うん……す、好きですよ」
「……すげーらしくねえ」
「人がせっかく勇気だしたのになにそれ！」
「まあ……いいよべつに、無理に言おうとしなくたって。もうちゃんと、わかったし」
「……ほんとに？」
「っていうか、正直……けっこう心臓に悪いかも」

「なんで!?」

　もう二度と、大切なキミとつらい終わりなんてないように。
　またここから、ちゃんとはじめていくんだ。
　今度はもっと素直に、そして、もう少しだけ上手に。
　キミをまっすぐ、想っていくから……。

Epilogue
「不器用な、」

不器用な、
伝え方でもいいから。

　青空の下、ごろごろごろ……とタイヤが地面を転がっていく。
　サッカーボールが入ったカートを押しながら、園田が空をあおいだ。
　となりで歩くあたしは、いつものごとくカラーコーンを抱いている。
「今日でサッカー終わりか〜」
「だね。次は持久走だっけ」
「はー、しんど」
　サッカーのゲーム中、あれだけコートを縦横無尽に走りまわっている園田でも、持久走はいやなんだ。
　あたしも走るのはべつに嫌いじゃないけど、長距離だもんなあ……。
　サッカーはちょっとくらいさぼっても平気だったけど、そうもいかなくなるし。
　憂鬱な気分になりながら、体育倉庫にカラーコーンをしまっていると、ふいに「柏木」と名前を呼ばれた。
「ん？」
「おまえさあ……もしかして、悠里とより戻した？」
　がこん、とカートをもとの位置に戻した園田が、そんな

質問をしてきた。
　純粋に気になって、問いかけてきたんだろう。
　まあ、少しずつ教室でもふつうに話すようになってきたから……そう思われるのも無理はないかもしれないけど。
「べつに、付き合ってないよ」
「あ、いや、遠慮とかしなくていいんだぜ？　俺、おまえのこと、きっぱり吹っきれてるし！」
「ああそう……。でも、ほんとに悠里とは付き合ってないから」
　吹っきれてるって、本人に言うのってどうなんだろう。
　なにも考えてないんだろうから、かまわないんだけど。
　そんなことを思いながらも、あたしもきっぱり否定したけれど、園田は「ふーん……？」とまだちょっと疑わしげだった。
　嘘なんかついてない。
　とはいえ、ただの友達だと表現するのは、ちょっと語弊があるけれど。
　数週間前……ちゃんと悠里と話したあと。
　あたしたちは、すぐに恋人同士に戻ることはしなかった。
　ずっと想いあっていたとはいえ、浮気とか、別れたりとか……いろいろあったから。
　一度、落ちついた関係に戻ろう、ということになったんだ。
　そこで、あたしたちはとある約束をした。
　高校卒業まで想いが通じあったままだったら、卒業後、

あたしたちはまた恋人に戻ろうって。
　だけどそれまではただの幼なじみだし、心変わりしてほかのだれかを好きになっても、お互いに責める権利はない。
　……なんて。
　あってないような、口約束だ。
　だってまたふつうにお互いの家を行き来するようになったし、……キスだって、たまにしちゃってるし。
　だけど、まるでぬるま湯みたいな、どっちともつかないような関係が、いまは心地よかったりもする。
　恋人だって言えないから、だれかに告白されたりとかもあるんだけど。
「まあ……柏木がいまつらい思いしてないなら、いいけど」
「あ、心配してくれてたんだ。園田、ありがと」
「べ、べつにいまでも好きとかそんなんじゃねえからな！　うぬぼれんなよ！」
　そんなことひと言も言ってないし……。
　なんて脳内で突っこみながらも、顔を真っ赤にした園田に、心の中でもう一度ありがとうとお礼を言った。
　体育倉庫に道具を片づけ終えて、あたしたちは校舎に戻った。
　女子更衣室へ向かえば、すでに制服に着替え終えた朱音と久保田さんが待ってくれていた。
　ほかのクラスメイトもちらほらいるけど、ほとんどはもう教室に戻ってるみたいだ。
「おっそーい。もうホームルームはじまっちゃうよぉ」

「片づけお疲れさま、柏木さん」
「ごめんごめん。待っててくれてありがとう」
　声をかけてきたふたりに返事して、急いでジャージから制服に着替えた。
　それから、ポーチにしまっていたヘアピンを取り出す。
　ピンクゴールドの、繊細な蝶。
　あたしの大切な、宝もの。
　それを右耳の上につけて、手鏡で確認したあと、てばやく片づけて３人で更衣室を出た。
　帰りのホームルームが終われば、いつもは朱音といっしょに弓道部へ向かうんだけど。
　いまは期末テストの準備期間だから、部活は休みだ。
「じゃあね、柏木さん」
　号令のあと、そばを通った浜辺さんが声をかけてきた。
　あたしも「また明日」と手を振れば、浜辺さんはにこっと甘い笑顔をくれ、教室を出ていった。
　浜辺さんとも、こんなふうにふつうに話す仲になった。
　本人は気づいていないだろうけど、たまに悠里を見て切なげな表情をしている浜辺さん。
　いまでもわずかに残っている、ほんの小さなわだかまり。
　……いつか、消える日がきますように。
　教科書をつめこんだかばんを肩にかけたところで、ドアのそばで話をしている朱音と久保田さんが視界に入った。
「ふたりとも、帰んないの？」
　近くまで行って話しかけると、振り返った久保田さんが

ふわりとほほ笑んだ。
「私たち、これからカフェで勉強するんだ」
「へー、いいな」
「莉子は悠里くんたちと勉強会なんでしょ。あたしは久保田さんといちゃいちゃするんだからねーっ」

　唇をとがらせた朱音が、見せつけるように久保田さんの細い腕にぎゅっと抱きついた。

　それに顔を真っ赤にして「う、あ、え、えっと」とうぶな反応を見せる久保田さん。

　ほんっと、かわいい。

　もちろんふたりとも。
「今日は無理だけど、また誘ってよ」
「うん、もちろんだよ」
「ええ～っ、どうしよっかなぁ」

　笑いながら言えば、久保田さんはうなずき、朱音はわざとらしくそっぽを向いて、真逆の反応を見せた。

　まるで天使と悪魔。

　っていうより、朱音は小悪魔かな。

　そういえば、朱音はあれから、彼とちゃんと会って話をしたらしい。

　朱音も勇気を出して打ちあけて、また恋人にっていうのはむずかしいけど、友達として付き合おうってことになったみたいだ。

　平然と話していたけど、ちょっとうれしそうだった。

　廊下を歩いていく朱音たちに手を振り返して、あたしは

教室のほうを振り返った。
「あたしたちも行こ、悠里」
　そう声をかければ、あたしの幼なじみは席のそばの窓を閉めながら「ああ」と返した。
　それからかばんを持って、あたしのもとへと歩いてくる。
「悠里、広斗の家とか、すごい久しぶりじゃない？」
「っつーか、会うのも２年ぶりくらい」
「あ、そっか。やっぱ気まずい？」
「いや、べつに？　ちょっと前、電話で話したし」
　今日はこれから、広斗の家で勉強会することになっている。
　広斗もちょうどテスト準備期間だし、広哉先輩も推薦でぶじに志望大学に合格したから。
　受験を終えた広哉先輩は、弓道部にもちょくちょく顔を出してくれるようになった。
　かっこよくて優しい、って１年の女子部員のあいだですっごく人気だ。
「そういや、中１のときはよく、３人で勉強の教えあいっこしてたよね」
「３人ともみごとに得意科目がちがったからな」
「うん。なんか、勉強会とか中学のときに戻った感じ」
　そうなんの気なしに口にしたあたしは、いや、とすぐに思いなおした。
「ううん。……戻ってなんかないよね。あたしたち」
　あたしたちは、もう、幼い頃のように戻ることなんてで

きないけれど。
　あの頃みたいに、純粋な幼なじみの形になんて、もう戻れはしないけれど。
　それでも、"いま"が大切だって思える。
　それはきっと、いま、大切な存在がそばにいてくれるから。
　となりを見上げて、悠里と目が合えば、好きってシンプルな気持ちが心を満たした。
　——好き。
　でもやっぱり、そんなすぐに素直になれるわけじゃないから。
　言葉じゃなく態度で伝わるように、そっと、悠里の手に指を触れさせた。
　すると悠里も気づいて、ぎゅ、とあたしの手を包みこんでくれる。
「……っあー、だめだ。すっごい照れるんだけど」
「莉子からつないできたんだろ」
「つ、つないだのは悠里だし」
　なんて言いながらも、あたしもそっと悠里の手をにぎり返した。
　どきどきするし、熱いし、なんか落ちつかない。
　だけど、心があたたかくなるこの感覚が、幸せだと形容できるのなら。
　あたしはいま……まぎれもなく、幸せだ。
　人よりうまく、愛せていないとしても。

きっとあたしたちは、いつだって不器用に相手を想っていた。
終わらせたら、また新しく、はじめよう。

あたしたちはきっとこれからも、不器用につづいていく。

FIN.

あとがき

はじめまして。またはお久しぶりです！　天瀬ふゆです。
このたびは数あるケータイ小説の中から『優しい嘘で、キミにサヨナラ。』を手に取ってくださり、ありがとうございます！
念願のブルーレーベルからこうして5冊目の書籍をみなさまにお届けすることができ、心から幸せに思います。

今作はこれまで書いてきたピンクレーベルの作品とは打って変わり、全体的に重苦しい雰囲気のお話となりました。ある日をさかいに彼女に見向きもしなくなってしまった彼氏と、そんな彼氏に傷つきながらも、強がって素直に気持ちを伝えることができない彼女。幼なじみであるこのふたりが周囲を巻き込んで織りなす恋模様はとても不器用で、お世辞にもきれいとは言えないものでした。

天瀬ふゆは恋愛話を聞くのが好きなのですが、恋をしている人は老若男女問わず本当にすてきだなと思います。けれどどんなに純粋でまっすぐな恋にも悩みはつきもので、嫉妬したり、不安になったり、きれいに輝くばかりではありませんよね。今回はそんな恋愛のマイナス面を書こうと思い、苦手としていた浮気モノに挑戦してみました。
この作品を書く上で決めていたのは、「主要キャラ全員

が大なり小なり最低なことをする」ということ。字面だけ見るとひどいですが、もちろんそれぞれ理由があって、そして莉子以外はだれかを想っての言動です。相手が大切だからこそ傷つけてしまう、傷ついてしまう、そして自分を責めてしまう。大人のようで大人未満な子どもで、愛のようで愛未満な恋をして、どこまでも不器用な彼らでしたが、この作品を最後まで読んだとき、大切な人を素直に想うことをすてきだと感じていただけたらさいわいです。これからもつづく不器用な彼らの物語が、どうかあなたの中でハッピーエンドを迎えますように。

　恋愛とはきれいじゃない面もすべてひっくるめて、すてきで偉大なのだと思います。

　最後になりましたが、今回もご尽力くださったスターツ出版の方々。とてもお世話になりました担当編集者の相川さま。切なくもかわいい、すてきすぎるカバーイラストを描いてくださったよしのずなさま。たくさんあたたかいお言葉をくださった読者さま。何度も相談にのってくださった友人。感謝に堪えません。いつも本当にありがとうございます！　みなさま大好きです！

　そして読んでくださったあなたに、最上級の感謝と愛情を込めて！

2017年2月25日　　天瀬ふゆ

この物語はフィクションです。
実在の人物、団体等とは一切関係がありません。

天瀬ふゆ先生への
ファンレターのあて先

〒104-0031
東京都中央区京橋1-3-1
八重洲口大栄ビル7F

スターツ出版（株）書籍編集部 気付
天瀬ふゆ先生

優しい嘘で、キミにサヨナラ。
2017年2月25日 初版第1刷発行

| 著 者 | 天瀬ふゆ |

©Fuyu Amase 2017

発行人	松島滋
デザイン	カバー　平林亜紀（micro fish）
	フォーマット　黒門ビリー&フラミンゴスタジオ
DTP	朝日メディアインターナショナル株式会社
編 集	相川有希子
	八角明香
発行所	スターツ出版株式会社
	〒104-0031 東京都中央区京橋1-3-1　八重洲口大栄ビル7F
	TEL 販売部03-6202-0386（ご注文等に関するお問い合わせ）
	http://starts-pub.jp/
印刷所	共同印刷株式会社

Printed in Japan

乱丁・落丁などの不良品はお取替えいたします。上記販売部までお問い合わせください。
本書を無断で複写することは、著作権法により禁じられています。
定価はカバーに記載されています。

ISBN 978-4-8137-0211-5　C0193

ケータイ小説文庫　2017年2月発売

『好きになんなよ、俺以外。』嶺央・著

彼氏のいる高校生活にあこがれて、ただいま14連続失恋中の翼。イケメンだけどイジワルな蒼とは、幼なじみだ。ある日、中学時代の友達に会った翼は、彼氏がいないのを隠すため、蒼と付き合っていると嘘をついてしまう。彼氏のフリをしてもらった蒼に、なぜかドキドキしてしまう翼だが…。

ISBN978-4-8137-0208-5
定価:本体590円+税　　ピンクレーベル

『キミの隣で恋をおしえて』ももしろ・著

彼氏がほしくて仕方がない高2の知枝里。ある日ベランダで、超イケメンの無気力系男子・安堂が美人で有名な美坂先生と別れ話をしているのを聞いてしまい、さらにベランダに締め出されてしまう。知枝里は締め出された仕返しに、安堂を脅そうとするけど、逆に弱みを握られちゃって…？

ISBN978-4-8137-0209-2
定価:本体590円+税　　ピンクレーベル

『他のヤツ見てんなよ』つゆ子・著

高2の弥生は恋愛に消極的な女の子。実は隣の席のクール男子・久隆君に恋をしている。放課後、弥生は誰もいない教室で久隆君の席に座り、彼の名前を呟いた。するとそこへ本人が登場！　焦った弥生は、野球部に好きな男子がいて、彼を見ていたと嘘をつくけれど…？　ピュア女子の焦れ恋にドキドキ！

ISBN978-4-8137-0210-8
定価:本体570円+税　　ピンクレーベル

『君が教えてくれたのは、たくさんの奇跡でした。』姫亜。・著

喉を手術し、声が出せなくなった高2の杏奈は運命を呪い、周りを憎みながら生きていた。そんなある日、病室で金髪の少年・雅と出会う。どこか自分と似ている彼に惹かれていく杏奈だけど、雅は重い過去を抱えていて…。不器用に寄り添う二人に降り積もる、たくさんの奇跡に涙が止まらない！

ISBN978-4-8137-0212-2
定価:本体580円+税　　ブルーレーベル

ケータイ小説文庫 好評の既刊

『クールな彼とルームシェア♡』 *あいら*・著

天然で男子が苦手な高1のつぼみは、母の再婚相手の家で暮らすことになるが、再婚相手の息子は学校の王子・舜だった‼ クールだけど優しい舜に痴漢から守ってもらい、つぼみは舜に惹かれていくけど、人気者のコウタ先輩からも迫られて…? 大人気作家*あいら*が贈る、甘々同居ラブ‼

ISBN978-4-8137-0196-5
定価:本体570円+税

ピンクレーベル

『彼と私の不完全なカンケイ』 柊乃・著

高2の璃子は、クールでイケメンだけど遊び人の幼なじみ・尚仁のことなら大抵のことを知っている。でも、彼女がいるくせに一緒に帰ろうと言われたり、なにかと構ってくる理由がわからない。思わせぶりな尚仁の態度に、璃子振り回されて…? 素直になれないふたりの焦れきゅんラブ‼

ISBN978-4-8137-0197-2
定価:本体570円+税

ピンクレーベル

『俺をこんなに好きにさせて、どうしたいわけ?』 acomaru・著

女子校に通う高2の美夜は、ボーイッシュな見た目で女子にモテモテ。だけど、ある日いきなり学校が共学に⁉ 後ろの席になったのは、イジワルな黒王子・矢野。ひょんなことから学園祭のコンテストで対決することになり、美夜は勝つため、変装して矢野に近づくけど…? 甘々♥ラブコメディ!

ISBN978-4-8137-0198-9
定価:本体590円+税

ピンクレーベル

『ずっと、キミが好きでした。』 miNato・著

中3のしずくと怜音は幼なじみ。怜音は過去の事故で左耳が聴こえないけれど、弱音を吐かずにがんばる彼に、しずくはずっと恋している。ある日、怜音から告白されて嬉しさに舞い上がるしずく。卒業式の日に返事をしようとしたら、涙ながらに「ごめん」と拒絶され、離れ離れになってしまい…。

ISBN978-4-8137-0200-9
定価:本体590円+税

ブルーレーベル

ケータイ小説文庫　好評の既刊

『たとえば明日、きみの記憶をなくしても。』嶺央・著

高3の乙葉は、同級生のユキとラブラブで、楽しい毎日を送っていた。ある頃から、日にちや約束などを覚えられない自分に気づく。病院に行っても記憶がなくなるのをとめることはできなくて…。病魔の恐怖に怯える乙葉。大好きなユキを悲しませないよう、自ら別れを切り出すが…。
ISBN978-4-8137-0186-6
定価:本体590円+税　**ブルーレーベル**

『最後の瞬間まで、きみと笑っていたいから。』あさぎ千夜春・著

高1の雨美花は、大雨の夜、道に倒れている男の子を助ける。後日学校で、彼が転校生の流星だと知る。綺麗な顔の彼に女子は大騒ぎ。でも雨美花は、彼の時折見せる寂しげな表情が気がかりで…彼は長く生きられない運命だと知る。残された時間、自分が彼を笑顔にすると誓うが―。まさかの結末に涙！
ISBN978-4-8137-0174-3
定価:本体570円+税　**ブルーレーベル**

『君色の夢に恋をした。』琴鈴・著

高2の結衣の唯一の楽しみは、絵を描くこと。ひとりで過ごす放課後の美術室が自分の居場所だ。ある日、絵を描いている結衣のもとへ、太陽のように笑う男子・翔がやってくる。自分の絵を「暗い」と言う翔にムッとしたけれど、それから毎日やってくる翔に、少しずつ心を開くようになって…。
ISBN978-4-8137-0175-0
定価:本体540円+税　**ブルーレーベル**

『どんなに涙があふれても、この恋を忘れられなくて』cheeery・著

高1の心はクールな星野くんと同じ委員会。ふたりで仕事をするうち、彼の学校では見られない優しい一面や笑顔を知り「もっと一緒にいたい」と思うように。ある日、電話を受けた星野くんは、あわてた様子で帰ってしまった。そして心は、彼の大切な幼なじみが病気で入院していると知って…。
ISBN978-4-8137-0162-0
定価:本体570円+税　**ブルーレーベル**

ケータイ小説文庫　2017年3月発売

『俺だけみてなよ。』＊メル＊・著

人に頼まれると嫌と言えない、お人好しの美月。その性格のせいで、女子から反感を買い落ち込んでいた。そんな時、同じクラスのイケメンだけど一匹狼の有馬くんが絵を描いているのを見てしまう。美しい絵に心奪われた美月は、彼に惹かれていくが、彼は幼なじみの先輩に片想いをしていて…。
ISBN978-4-8137-0223-8
予価：本体500円+税

ピンクレーベル

『涙空　上』白いゆき・著

高1の椎香は、半年前に突然別れを告げられた元カレ・勇人を忘れられずにいた。そんな椎香の前に現われたのは、学校一のモテ男・渉。椎香は渉の前では素直に泣くことも笑うこともでき、いつしか渉に惹かれていく。でも、そんな時、勇人が別れを切り出した本当の理由が明らかになって…。
ISBN978-4-8137-0225-2
予価：本体500円+税

ブルーレーベル

『涙空　下』白いゆき・著

自分の気持ちにハッキリ気づいた椎香は、勇人と別れ、渉へ想いを伝えに行く。しかしそこで知ったのは、渉がかかえるツラい過去。支え合い、愛し合って生きていくことを決意したふたり。けれど、さらに悲しい現実が襲いかかり…。繰り返される悲しみのあとで、ふたりが見たものとは――？
ISBN978-4-8137-0226-9
予価：本体500円+税

ブルーレーベル

『タイトル未定』なぁな・著

高2の咲良は中学でイジめられた経験から、二度と同じ目に遭いたくないと、異常にスクールカーストにこだわっていた。1年の時に仲良しだった美琴とクラスが離れたことをきっかけに、カースト上位を目指し、騙し騙されながらも周りを蹴落としていくが…？　大人気作家なぁなが贈る絶叫ホラー!!
ISBN978-4-8137-0227-6
予価：本体500円+税

ブラックレーベル

書店店頭にご希望の本がない場合は、
書店にてご注文いただけます。

❤ 恋するキミのそばに。❤
「野いちご文庫」創刊します!

読むと恋がしたくなる! ドキドキしたくなる!
等身大の憧れを、ぎゅっとつめこんだ文庫レーベルを
小説サイト「野いちご」から新たに創刊します!

💬「野いちご文庫」の6つのポイント 💬

- 縦書き
- 憧れシチュエーション
- 読後は必ずハッピーな気分に!
- カラー口絵でキモチを盛り上げます!
- 胸きゅんあり、涙あり
- 等身大の登場人物

＊ 創刊ラインナップはこの2作品! ＊

❤ これはきっと、
❤ 君がくれた奇跡の日々の物語。
365日、君をずっと想うから。
SELEN・著
イラスト:雨宮うり
ISBN:978-4-8137-0229-0

高2の花は見知らぬチャラいイケメン・蓮に弱みを握られ、言いなりになることを約束されてしまう。さらに、「俺、未来から来たんだよ」と信じられないことを告げられて!?
意地悪だけど優しい蓮に惹かれていく花。しかし、蓮には悲しい秘密があった──。蓮がタイムリープした理由とは? ラストは号泣のうるきゅんラブ!!

❤ 全力で恋をした。
❤ 私も、君も、彼も…。
全力片想い
田崎くるみ・著
イラスト:loundraw
ISBN:978-4-8137-0228-3

高校生の萌は片想い中の幸から、親友の光莉が好きだと相談される。幸が落ち込んでいた時、タオルをくれたのがきっかけだったが、実はそれは萌の仕業だった。言い出せないまま幸と光が近付いていくのを見守るだけの日々。そんな様子を光莉の幼なじみの笹沼に見抜かれるが、彼も萌と同じ状況だと知って…。三月のパンタシア大賞受賞作!

2017/3/25発売決定!お楽しみに!